Le
Livre
de
Poche
Jeunesse

MOI, SIMON 16 ANS HOMO SAPIENS

Becky Albertalli

Becky Albertalli est née dans la banlieue d'Atlanta. L'écriture et la lecture ont toujours été importantes pour elle. Elle suit des études de psychologie dans une université du Connecticut et passe un an en Écosse, à l'université de Saint Andrews. Elle déménage ensuite à Washington pour y passer son doctorat. Après avoir été psychologue, elle se consacre désormais à l'écriture.

Becky Albertalli

MOI, SIMON 16 ANS HOMO SAPIENS

Traduit de l'anglais (États-Unis)
par Mathilde Tamae-Bouhon

CHAPITRE PREMIER

C'est une conversation étrangement subtile. Tout juste si je m'aperçois du chantage.

Nous sommes dans les coulisses, assis sur des chaises pliantes en métal, quand Martin Addison m'annonce :

— J'ai lu tes mails.

— Quoi ?

Je lève la tête.

— Tout à l'heure. À la bibliothèque. Sans le faire exprès, bien sûr.

— Tu as lu mes mails ?

— Disons que j'ai utilisé l'ordi juste après toi, et quand je suis allé sur Gmail, ton compte s'est ouvert. Tu aurais dû te déconnecter.

Je le dévisage, médusé.

— Pourquoi ce pseudo ? demande-t-il en martelant le pied de sa chaise.

Merde, excellente question. À quoi bon utiliser un pseudonyme si le premier clown venu perce à jour mon identité secrète ?

Il a dû me voir devant l'ordinateur, je suppose.

Et je suppose que je suis le roi des crétins.

C'est qu'il sourit, en plus.

— Enfin bref, ça t'intéressera sans doute de savoir que mon frère est gay.

— Euh, pas particulièrement.

Il me fixe. Je demande :

— Qu'est-ce que tu essaies de me dire ?

— Rien. Écoute, Spier, ça ne me pose aucun problème, à moi. Disons que je m'en contrefiche.

Sauf que c'est quand même une petite catastrophe. Voire un foutu cataclysme, suivant la capacité de Martin à la fermer.

— C'est vraiment gênant, dit-il.

Je ne sais même pas quoi répondre.

— Enfin, reprend-il, tu n'as clairement pas envie que ça se sache.

Franchement… Je suppose que non. Même si le coming out ne me fait pas peur. Oui, bien sûr, plus gênant tu meurs, et on ne va pas se leurrer, je ne suis pas pressé d'y être. Mais ça ne sera pas la fin du monde. Pas pour moi.

Le problème, c'est que ça serait délicat pour Blue. Si jamais Martin venait à parler.

Martin Addison. Il fallait que ce soit lui qui se connecte à Gmail après moi ! Comprenez : jamais je n'aurais utilisé l'ordi de la bibliothèque si j'avais pu me connecter au Wi-Fi depuis mon portable. Or c'était un de ces jours où je n'avais pas la patience d'attendre d'être rentré pour lire mes messages. Je ne pouvais même pas attendre de sortir sur le parking pour consulter mon téléphone.

Parce que j'avais écrit à Blue depuis ma boîte secrète le matin même. Un mail plutôt important.

Je voulais simplement voir s'il m'avait répondu.

— Perso, je pense que tout le monde réagirait plutôt bien, poursuit Martin. Tu devrais être toi-même.

Que voulez-vous répondre à ça ? Un gamin hétéro, qui me connaît à peine et qui me conseille de sortir du placard. Je lève les yeux au ciel, obligé.

— Okay, enfin, comme tu voudras. Je garderai tout ça pour moi, dit-il.

L'espace d'une minute, je me sens bêtement soulagé. Avant de saisir.

— Garder quoi pour toi ?

Il rougit, triture l'ourlet de sa manche. Quelque chose dans son expression me tord l'estomac.

— Est-ce que... tu aurais fait une capture d'écran, par hasard ?

— Ben, dit-il, j'allais justement t'en parler.

— Minute – tu as fait une putain de capture d'écran ?

Il serre les lèvres et jette un œil par-dessus mon épaule.

— Enfin bref, reprend-il, je sais que t'es pote avec Abby Suso, alors je voulais te demander...

— Sérieux ? Tu pourrais peut-être d'abord m'expliquer pourquoi tu as pris une capture d'écran de ma boîte mail ?

Une pause.

— Disons que je me demandais si tu ne pourrais pas m'aider à parler à Abby.

Je manque d'éclater de rire.

— Attends – tu veux que je t'arrange un coup ?

— Ben, ouais.

— Et pourquoi je ferais un truc pareil ?

Il me regarde, et tout devient clair. Ce cirque, là, avec Abby. C'est son prix. Le prix à payer pour qu'il ne diffuse pas mes foutus messages privés.

Ni ceux de Blue.

La vache. Je croyais Martin du genre inoffensif. Une espèce de geek bigleux, pour être honnête, même s'il n'y a aucun mal à ça. Et puis je l'ai toujours trouvé plutôt marrant.

Sauf que je n'ai pas envie de rire, là.

— Tu vas vraiment m'y forcer, dis-je.

— Te forcer ? Comme tu y vas… Ce n'est pas ça.

— Ah oui ? C'est quoi, alors ?

— C'est rien du tout. Enfin, elle me plaît, voilà. Je me disais que tu voudrais sans doute me donner un coup de main. M'inviter à une soirée où elle a prévu d'aller. Je ne sais pas, moi.

— Et si je refuse ? Tu postes les mails sur Facebook ? Ou sur ce Tumblr à la con ?

Oh putain la vache. *Creeksecrets.tumblr.com* : le vivier des rumeurs de Creekwood High. Le lycée entier serait au courant avant la fin de la journée.

Silence des deux côtés.

— Je pense juste qu'on est en mesure de s'aider mutuellement, déclare finalement Martin.

J'avale, avec difficulté.

— Marty, à toi, lance Mme Albright depuis la scène. Acte II, scène 3.

— Réfléchis-y, assène-t-il avant de se lever.

— Ben voyons. Ça c'est le pompon, dis-je.

Il me regarde. Un silence lourd de sens. J'hésite.

— Je ne sais pas ce que tu veux que je te dise.

— Comme tu voudras.

Il hausse les épaules. Jamais de ma vie je n'ai été aussi pressé de voir quelqu'un partir. Mais alors que ses doigts effleurent le rideau, il fait soudain volte-face.

— Par curiosité… dit-il. C'est qui, Blue ?

— Personne. Un mec, en Californie.

Martin se colle le doigt dans l'œil s'il me croit prêt à dévoiler son identité.

Non, Blue ne vit pas en Californie. Il habite à Shady Creek et fréquente le même lycée que nous. Et non, Blue n'est pas son vrai nom. C'est quelqu'un. Peut-être même quelqu'un de ma connaissance. Mais je ne sais pas qui. Et je ne suis pas sûr d'avoir envie de le savoir.

Tout comme je ne suis absolument pas d'humeur à me coltiner ma famille. Il me reste à peu près une heure avant de passer à table, autrement dit une heure pour essayer d'arranger ma journée de cours en une série d'anecdotes hilarantes. Je ne plaisante pas : discuter avec mes parents, c'est encore plus épuisant que de tenir un blog.

C'est drôle, quand même. Avant, j'adorais les bavardages et le chaos qui précèdent le dîner ; maintenant, je suis toujours pressé de sortir. En particulier aujourd'hui.

Je m'arrête juste le temps d'accrocher la laisse au collier de Bieber et de l'entraîner dehors.

Ce foutu Martin Addison... Je revois encore et encore la répétition de cet après-midi. Je me passe du Tegan and Sara, un écouteur enfoncé dans l'oreille.

Alors comme ça Martin kiffe Abby, comme tous les autres geeks hétéros de la section renforcée. Et tout ce qu'il attend de moi, c'est que je le laisse nous coller aux basques. Pris comme ça, ce n'est pas si terrible.

Si ce n'est qu'il me fait du chantage... à moi et, par extension, à Blue. Détail qui me donne envie de défoncer quelque chose.

Mais Tegan et Sara me font du bien. La balade à pied jusque chez Nick aussi. L'air porte en lui la fraîcheur caractéristique du début de l'automne, et les habitants décorent déjà leurs seuils avec des citrouilles. J'adore. J'ai toujours adoré, depuis tout petit.

Bieber et moi, on coupe à travers le jardin de Nick pour rejoindre le sous-sol. Face à la porte, un écran de télé monumental sur lequel des Templiers se font malmener. Nick et Leah sont installés sur des fauteuils gaming à bascule. On dirait qu'ils n'ont pas bougé de l'après-midi.

Nick met le jeu en pause à mon arrivée. Il est comme ça, Nick. Il ne lâcherait jamais sa guitare pour vous accueillir, mais sa manette, si.

— Bieber ! s'exclame Leah.

En quelques secondes, le voilà perché sur ses genoux, la langue tirée et la patte frétillante. Il perd toute dignité devant Leah.

— Vas-y, je t'en prie, salue le chien. Fais comme si je n'étais pas là.

— Pauvre Simon. Tu veux que je te gratte derrière les oreilles ?

J'esquisse un sourire. C'est bien ; tout est normal. La normalité, c'est pile ce dont j'ai besoin en ce moment.

— Qu'est-ce que vous faites ?

— Juges-en par toi-même, dit Nick.

Avant de nous demander si on veut qu'il nous raconte son rêve de cette nuit. Leah et moi savons que c'est une question rhétorique.

— Très bien. Je suis dans la salle de bains, en train de mettre mes lentilles, et je suis incapable de savoir laquelle va dans chaque œil.

— Okay. Et ensuite ? demande Leah d'une voix étouffée, le visage enfoui dans la nuque velue de Bieber.

— Rien. Je me suis réveillé, j'ai mis mes lentilles comme d'habitude, et tout allait bien.

— Super, le rêve, dit-elle.

Avant d'ajouter, un instant plus tard :

— Si tu veux mon avis, c'est pour ça qu'il y a des étiquettes « droite » et « gauche » sur les étuis de lentilles.

Je lui fais écho, en me laissant couler sur le tapis, les jambes croisées :

— Ou que les gens feraient mieux de porter des lunettes au lieu de se tripoter les globes oculaires.

Bieber s'extirpe des genoux de Leah pour me rejoindre.

— Et aussi parce qu'avec tes lunettes tu ressembles à Harry Potter, hein, Simon ?

Une fois. J'ai fait la remarque une fois.

— En tout cas, mon inconscient essaie de me dire quelque chose.

Nick peut se montrer persévérant quand il est d'humeur intellectuelle.

— À l'évidence, mon rêve avait pour thème la vision. Qu'est-ce qui m'échappe ? Quels sont mes angles morts ?

— Ta bibliothèque musicale, suggéré-je.

Nick bascule en arrière dans son fauteuil, une main dans les cheveux.

— Vous saviez que Freud interprétait ses propres rêves tout en développant sa théorie ? Il était persuadé que tout songe revient à combler un souhait inconscient.

J'échange un regard avec Leah, et je sais qu'on pense la même chose, tous les deux. Peu importe qu'il raconte sans doute n'importe quoi : Nick est plutôt craquant quand il se lance dans ses tirades philosophiques.

Bien sûr, je m'interdis strictement de flasher sur les hétéros, surtout Nick. Mais Leah, elle, est mordue. Ce qui cause tout un tas de problèmes, en particulier depuis qu'Abby est entrée dans nos vies.

Au début, je ne comprenais pas pourquoi Leah détestait Abby, et toutes mes questions à ce sujet se heurtaient à des réponses floues.

— Oh, elle est *géniale*. Enfin, elle est pom-pom girl ! Et si mignonne, si mince. Tu ne trouves pas que ça la rend formidable ?

Il faut dire que personne ne maîtrise l'art de l'ironie comme Leah.

Mais j'ai fini par remarquer que Nick avait échangé sa place avec Bram Greenfeld au déjeuner – une permutation calculée, destinée à maximiser ses chances de se retrouver près d'Abby. Et puis il y avait les yeux. Les fameux regards appuyés et languissants à la Nick Eisner. Nous avions déjà eu droit à cette pantomime écœurante avec Amy Everett à la fin de la seconde. Même si je dois admettre qu'il y a quelque chose de fascinant dans l'intensité nerveuse qui s'empare de Nick quand il en pince pour quelqu'un.

Lorsque Leah aperçoit cette expression sur le visage de Nick, elle se referme comme une huître.

Ce qui, au final, me donne une bonne raison de jouer les marieuses pour Martin Addison. Si Martin et Abby se mettent ensemble, cela résoudra peut-être le problème Nick. Comme ça, Leah pourra se détendre, et l'équilibre sera restauré.

Ce n'est plus seulement moi, le problème. En fait, ce n'est même plus vraiment de moi qu'il s'agit.

CHAPITRE DEUX

À : bluegreen118@gmail.com

DE : hourtohour.notetonote@gmail.com

ENVOYÉ LE 17 OCTOBRE À 12 H 06

OBJET : RE : Quand tu l'as su

Plutôt sexy ton histoire, Blue. Pour moi, le collège, c'est comme un film d'horreur sans fin. Enfin, peut-être pas sans fin, parce que ça s'est terminé un jour, bien sûr, mais ça me reste profondément gravé dans l'inconscient. C'est vrai pour tout le monde. Impitoyable puberté.

Par curiosité : est-ce que tu l'as revu depuis le mariage de ton père ?

Moi, je ne sais même pas quand je m'en suis rendu compte. C'était une accumulation de petites choses. Comme ce rêve étrange avec Daniel Radcliffe. Ou mon obsession pour Passion Pit au collège, et le moment où j'ai compris que ce n'était pas que pour leur musique.

Et puis, en quatrième, j'ai eu une copine. C'était le genre de relation où on « sort ensemble » mais sans jamais aller nulle part en dehors de l'école. Et même à l'intérieur, on ne faisait pas grand-chose. On se tenait la main, je crois. On est donc allés au bal en tant que couple, mais j'ai passé la soirée avec mes potes à manger des Fritos en espionnant les autres, caché sous les gradins du gymnase. Une fille que je ne connaissais pas est venue me dire que ma copine m'attendait dehors. J'étais censé aller la retrouver, j'imagine qu'on devait s'embrasser. Façon collège, la bouche fermée.

S'ensuit mon heure de gloire : j'ai couru me cacher aux toilettes, comme un petit de maternelle. Genre, dans les cabinets, porte fermée, perché sur la cuvette pour qu'on ne voie pas mes pieds. Comme si les filles allaient débouler pour me tirer de là. Je te jure, j'y ai passé le reste de la soirée. Et je n'ai plus jamais reparlé à ma copine.

C'était la Saint-Valentin, pour couronner le tout. Classe, hein ? Enfin bref, si je devais être tout à fait honnête, j'avais compris à cette époque. Sauf que j'ai eu deux autres copines après ça.

Sais-tu que ceci est officiellement l'e-mail le plus long que j'aie jamais écrit ? Je ne plaisante pas. Tu es peut-être la seule personne à avoir reçu plus de 140 caractères d'affilée de ma part. C'est assez extraordinaire, non ?

Enfin, c'est tout pour ce soir. Je vais être franc : j'ai eu une journée bizarre.

Jacques

À : hourtohour.notetonote@gmail.com
DE : bluegreen118@gmail.com
ENVOYÉ LE 17 OCTOBRE À 20 H 46
OBJET : Re : Quand tu l'as su

Je serais donc le seul ? Voilà qui est extraordinaire, en effet. Tu m'en vois honoré, Jacques. C'est drôle, parce que moi non plus, je n'écris pas beaucoup. Et je ne parle jamais de tout cela à qui que ce soit. À part toi.

Si tu veux mon avis, je trouverais cela incroyablement déprimant que ton heure de gloire soit survenue au collège. Tu n'imagines pas à quel point j'ai détesté cette période. Tu te rappelles cette manie qu'avaient les autres de te regarder d'un air vide avec un « Euh, okayyyy », quand tu avais fini de parler ? Tout le monde se sentait obligé de te faire sentir que, quoi que tu dises ou éprouves, tu étais toujours seul. Le pire dans tout cela, bien sûr, c'est que je faisais de même. J'en ai des haut-le-cœur rien que d'y penser.

Donc, en gros, ce que j'essaie de te dire, c'est que tu devrais cesser de battre ta coulpe. Nous étions tous horribles à cet âge.

Pour répondre à ta question, je l'ai revu de loin en loin depuis le mariage – environ deux fois par an. Ma belle-mère passe son temps à organiser des réunions de famille, semble-t-il. Il est marié, je crois même que sa femme est enceinte. Rien de bien gênant, étant donné que tout s'est passé dans ma tête. C'est quand même ahurissant, tu ne trouves pas ? Qu'une personne puisse déclencher une véritable crise identitaire et sexuelle en toi, sans même s'en douter une seule seconde ? Je suis sûr qu'il me voit toujours comme le beau-fils bizarre de sa cousine.

Bon, je suppose que tu t'attends à cette question, mais je vais te la poser quand même : si tu savais que tu étais gay, comment t'es-tu retrouvé à sortir avec des filles ?

Désolé pour ta journée. J'espère que ça va.

Blue

À : bluegreen118@gmail.com
DE : hourtohour.notetonote@gmail.com
ENVOYÉ LE 18 OCTOBRE À 23 H 15
OBJET : Re : Quand tu l'as su

Blue,

Ah oui, le fameux « okayyy ». Invariablement accompagné d'un haussement de sourcils et d'une moue en cul-de-poule bien condescendante. Oui, moi aussi je plaide coupable. Ce qu'on pouvait être nuls, tous, au collège !

Je suppose que mes histoires de filles seraient difficiles à expliquer... Disons que c'est arrivé tout seul. Même si, dans le cas de ma copine de quatrième, c'est un peu différent vu la tournure que ça a pris. Pour ce qui est des deux autres : en gros, c'étaient des amies, puis j'ai découvert que je leur plaisais et on s'est mis à sortir ensemble. Puis on a cassé, ce sont elles qui m'ont largué chaque fois, du coup pas de regrets. Je suis toujours ami avec la fille avec laquelle je suis sorti en seconde.

Mais en toute honnêteté... je pense que la vraie raison pour laquelle je suis sorti avec des filles, c'est que je n'étais pas convaincu à cent pour cent d'être gay. Ou alors je pensais que c'était une phase.

Je vois d'ici ta réaction : « Okayyyyyyyyyyy. »

Jacques

À : hourtohour.notetonote@gmail.com
DE : bluegreen118@gmail.com
ENVOYÉ LE 19 OCTOBRE À 8 H 01
OBJET : Tu n'y couperas pas...

Okaaaaaaayyyyyyyyyyyyyy.
(Sourcils, cul-de-poule, etc.)

Blue

CHAPITRE TROIS

Le plus nul dans cette histoire avec Martin, c'est que je ne peux pas en parler à Blue. Or je n'ai pas l'habitude de lui faire des cachotteries.

Bien sûr, il y a plein de choses qu'on ne se dit pas, lui et moi. On parle des trucs importants, mais on évite les détails révélateurs – les noms de nos amis ou les infos trop précises concernant le lycée. Tout ce qui me définissait, du moins le croyais-je, jusqu'à présent. Mais je ne vois pas ça comme des cachotteries. Il s'agirait plutôt d'un accord tacite.

Si Blue était un vrai première de Creekwood, avec un casier, une moyenne et un profil Facebook, il y a fort à parier que je ne lui dirais rien. Bien sûr, c'est un vrai première de Creekwood. J'en suis conscient. Mais d'une certaine manière, il ne vit que dans mon ordinateur… C'est difficile à expliquer.

C'est moi qui l'ai trouvé. Sur ce foutu Tumblr, si incroyable que cela puisse paraître. En août, juste avant la rentrée. *Creeksecrets* est censé être un endroit où poster confessions anonymes et autres pensées secrètes, que l'on peut commenter, mais où personne n'ira vous juger. Sauf que c'est vite devenu un repère de commérages, de poèmes médiocres et de citations bibliques erronées. Quoi qu'il en soit, ça a un côté addictif, je suppose.

C'est là que j'ai trouvé le post de Blue. Son message m'a interpellé. Je ne suis même pas sûr que ça soit à cause de l'angle homo. Je n'en sais rien. Il ne faisait que cinq lignes, mais celles-ci étaient grammaticalement correctes et étrangement poétiques, et elles n'avaient rien à voir avec tout ce que j'avais pu lire auparavant.

Il y était surtout question de solitude. Ce qui est drôle, parce que je ne me considère pas vraiment comme un solitaire. Mais quelque chose dans la façon dont il décrivait ce sentiment me paraissait très familier. Comme s'il avait puisé ses idées dans ma tête.

De la même façon qu'on peut mémoriser les gestes d'une personne sans jamais connaître ses pensées. Ce sentiment que les gens sont pareils à des maisons aux chambres spacieuses et aux fenêtres minuscules.

Ce sentiment d'être nu, quoi qu'on fasse.

Ce sentiment qu'il avait d'être à la fois si caché et si exposé quant à son homosexualité.

J'ai ressenti une panique et une gêne étranges en lisant ce passage, mais aussi comme un murmure d'exaltation.

Il évoquait l'océan qui sépare les êtres. Et leur but : trouver un port qui vaille la peine d'être rejoint à la nage.

Franchement, je n'arrive même pas à expliquer ce que j'ai ressenti en lisant ça. Il fallait à tout prix que je fasse sa connaissance.

J'ai fini par trouver le courage de poster le seul commentaire qui me vienne à l'esprit, à savoir : *Je vois exactement ce que tu veux dire.* Accompagné de mon adresse mail. Mon compte Gmail secret.

J'ai passé la semaine suivante à psychoter – allait-il me contacter ou non ? Ce qu'il a fait. Plus tard, il me dirait que mon commentaire l'avait mis sur le qui-vive. Il fait très attention à tout. Bien plus que moi, à l'évidence. En gros, si Blue découvre que Martin Addison détient des captures d'écran de notre correspondance, je parie qu'il paniquera. Une panique à la Blue.

Autrement dit, il cessera de m'écrire.

Je me rappelle parfaitement ce que j'ai ressenti en voyant son premier message dans ma boîte de réception. C'était un peu surréaliste. Il voulait en savoir plus sur moi. Au lycée, les jours suivants, j'avais l'impression d'être dans un film. Je voyais le gros plan sur mon visage, projeté en cinémascope.

Ce qui est bizarre, parce que dans la vie, je n'ai rien d'un jeune premier. Je serais plutôt le meilleur ami.

Je suppose que je n'avais jamais pensé être intéressant avant d'éveiller la curiosité de Blue. C'est pourquoi je ne peux pas lui en parler. Je ne voudrais pas le perdre.

J'évite Martin, ces derniers temps. Toute la semaine, en cours et en répétition, je le vois qui essaie d'attirer mon regard. C'est lâche, je le sais. Je me fais l'effet d'une poule mouillée. Ce qui est d'autant plus idiot que j'ai déjà décidé de l'aider… ou plutôt de céder à son chantage.

Comme vous voulez. Sincèrement, ça me donne un peu la nausée.

J'ai la tête ailleurs pendant le dîner. Mes parents sont particulièrement réjouis parce que c'est notre soirée *Bachelorette*. Je vous jure. Oui, oui, l'émission de télé-réalité. On a tous regardé le dernier épisode hier, mais c'est ce soir qu'on en discute sur Skype avec Alice, qui étudie à la Wesleyan University. Nouveau rituel familial chez les Spier. Croyez-moi, j'ai parfaitement conscience du ridicule de la chose.

Que voulez-vous que je vous dise. Ma famille a toujours été comme ça.

— Et comment se portent Leo et Nicole ? demande mon père en tortillant les lèvres autour de sa fourchette.

Inverser les genres de Leah et Nick : le summum de l'humour paternel.

— Comme des charmes.

— Nick jouait de la guitare devant le préau après les cours, dit Nora.

— On dirait qu'il cherche à mettre le grappin sur une fille, remarque ma mère.

Ça c'est drôle, maman, figure-toi, parce que j'essaie justement d'empêcher Nick de mettre le grappin sur la fille qu'il convoite afin de dissuader Martin Addison d'annoncer à tout le lycée que je suis gay. Au fait, je vous ai dit que j'étais gay ?

Enfin, par où commencer ?

Les choses seraient peut-être différentes si nous habitions New York, mais je ne sais pas comment être gay en

Géorgie. Nous vivons en banlieue d'Atlanta : ce n'est pas si terrible. Shady Creek n'est pas pour autant un paradis progressiste. Au lycée, il y a bien un ou deux garçons out, qui se font embêter par les autres. Et je suppose qu'il y a tout un tas de lesbiennes et de bisexuelles, mais j'ai l'impression que pour les filles c'est différent. Plus facile, peut-être ? S'il y a bien une chose que j'ai retenue du Tumblr, c'est qu'il y a plein de garçons qui trouvent ça sexy, les lesbiennes.

Même si j'imagine que l'inverse est également vrai. Certaines filles, comme Leah, se plaisent à dessiner des mangas yaoi, qu'elles mettent en ligne.

Et, pour être honnête, je ne suis pas trop sûr d'aimer ça.

Leah est également branchée fanfiction slash, ce qui m'a suffisamment intrigué pour que j'aille y jeter un œil l'été dernier. Je n'en revenais pas d'avoir un tel choix : Harry Potter et Draco Malfoy qui s'envoyaient en l'air d'un millier de façons différentes dans tous les placards à balais de Poudlard. Je choisissais les mieux rédigées et passais des nuits entières à lire. Drôle de période. C'est l'été où j'ai appris à faire la lessive. Certaines chaussettes ne devraient jamais passer entre les mains maternelles.

Après le repas, Nora lance Skype sur l'ordinateur du salon. Dans la fenêtre vidéo, Alice semble un peu débraillée, sans doute à cause de ses cheveux – blond sale et en bataille. Mes sœurs et moi sommes tous dotés de tignasses ridicules. À l'arrière-plan, le lit d'Alice, défait et jonché de coussins. Quelqu'un a acheté un tapis rond et hirsute pour recouvrir les quelques mètres carrés de parquet. Cela me fait toujours bizarre d'imaginer Alice partageant une chambre avec une inconnue de Minneapolis. Qui eût cru que je verrais jamais le moindre objet sportif chez elle ? Alors une bannière des Minnesota Twins, pensez-vous…

— Bon, t'es toute pixellisée. Je vais… non, attends, c'est bon. Oh bon sang, papa, est-ce une rose que je vois là ?

Notre paternel ricane devant la webcam, une rose rouge à la main. Je ne plaisante pas. Ma famille met les petits plats dans les grands dès qu'il s'agit de *Bachelorette*.

Mais je suis trop préoccupé. Pas par l'idée que Martin ait sauvegardé les e-mails. Par les messages eux-mêmes. Ça me travaille, cette histoire de petites copines, depuis que Blue m'a posé la question. Je me demande s'il me prend pour un imposteur. Apparemment, une fois qu'il a pris conscience de son homosexualité, il n'est pas sorti avec une seule fille. Aussi simple que ça.

— Alors, Michael D prétend avoir utilisé la suite fantasme pour discuter, commente Alice. Sommes-nous prêts à le croire ?

— Pas une seconde, ma belle, répond papa.

— C'est ce qu'ils disent tous, ajoute Nora.

— Sim, tu nous donnes ton avis ?

— C'est la suite fantasme, dis-je, et je doute qu'il y ait place pour la discussion dans ce fantasme.

— Mais cela ne veut pas dire qu'ils ont copulé.

— MAMAN ! Bon sang.

C'était sans doute facile de se laisser aller à des relations sans avoir à se soucier de toutes les minuscules humiliations qu'on doit subir lorsqu'on est attiré par quelqu'un. Après tout, je m'entends bien avec les filles. Les embrasser ne me pose pas de problème. Sortir avec elles, c'était parfaitement gérable.

— Et Daniel F ? demande Nora.

— C'est le plus sexy, commente Alice.

Elle et ma mère parlent toujours de « régal pour les yeux » pour ce genre de personnes.

— Tu te fiches de moi ? interjette mon père. L'homo ?

— Daniel n'est pas homo, objecte Nora.

— Ma chérie, c'est une gay pride à lui tout seul. Plus flamboyant, tu meurs.

Mon corps tout entier se raidit. Leah m'a expliqué un jour qu'elle préférait encore qu'on la traite de grosse en face plutôt que de devoir écouter les gens se gausser du poids d'une autre. Je crois que, dans le fond, je suis du même avis. Il n'y a pas pire humiliation que celle, secrète, de se faire insulter par procuration.

— Papa, arrête, dit Alice.

Et papa de se mettre à ânonner cette chanson, *Eternal Flame*, des Bangles.

Je ne sais jamais s'il fait ce genre de remarque parce qu'il le pense vraiment ou simplement pour titiller Alice. Enfin, si c'est là son opinion, autant la connaître. Même si je ne pourrai plus l'ignorer.

L'autre souci, c'est le déjeuner. Ce jeudi midi, je suis artificiellement fasciné par mes Cheetos, car c'est le seul moyen d'éviter les regards accusateurs de Martin. Nous n'avons pas vraiment mis au clair les termes de notre arrangement chantagier, mais il est évident que Martin veut s'asseoir avec nous à la cantine. Enfin, avec Abby. Mais ce n'est pas si facile.

Le problème est avant tout logistique : les tables de la cantine sont censées accueillir six personnes, aussi sommes-nous sans doute déjà sur la liste noire des profs pour avoir ajouté deux chaises. C'est un drôle de groupe, mais qui fonctionne. Nick, Leah et moi. Les deux amies de Leah, Morgan et Anna, qui lisent des mangas, portent de l'eyeliner noir et sont plus ou moins interchangeables. Même en étant sorti avec Anna en seconde, je les trouve interchangeables.

Puis il y a le duo ô combien improbable des copains de foot de Nick : Bram le taciturne et Garrett le semi-connard. Et Abby. Qui a déménagé de Washington au début de l'année scolaire. On était plus ou moins attirés l'un vers l'autre, par l'action combinée du destin et de la répartition alphabétique.

Voilà notre groupe de huit.

Ce n'est donc pas une question de vouloir aider ou non Martin. C'est simplement qu'avec lui, on serait neuf, et qu'on manque de bouts de table.

Enfin, il pourrait comprendre ça, non ?

Il me reste dix minutes à tuer avant la répétition ; j'en profite pour me glisser hors de l'auditorium. Je contourne le bâtiment. Il fait plutôt frais pour la région ; on dirait qu'il a plu après le déjeuner. Il n'existe que deux types de temps ici : un temps à mettre des hoodies et un temps où on met un hoodie quand même.

J'ai dû laisser mon iPod et mes écouteurs dans mon sac, dans l'auditorium – j'ai horreur d'écouter de la musique via le haut-parleur de mon téléphone, mais c'est mieux que pas de musique du tout. Adossé contre le mur de briques qui entoure la cafétéria, je fouille ma bibliothèque musicale à la recherche d'un EP de Leda. Je ne l'ai pas encore écouté, mais le simple fait que Leah et Anna fassent une fixette dessus semble prometteur.

Soudain, je ne suis plus seul.

— Okay, Spier. C'est quoi ton problème ? me demande Martin qui m'a rejoint contre le mur.

— Mon problème ?

— Il me semble que tu m'évites.

On porte tous les deux des Converse, et je n'arrive pas à décider si ce sont mes pieds qui ont l'air petit ou les siens qui paraissent énormes. Martin doit bien faire quinze centimètres de plus que moi. Côte à côte, nos ombres semblent ridicules.

— Ce n'est pourtant pas le cas.

Je m'écarte du mur et reprends le chemin de l'auditorium. Après tout, il ne faudrait pas énerver Mme Albright.

Martin me rattrape.

— Sérieux, dit-il, je ne montrerai les mails à personne, okay ? Pas la peine de flipper.

Je vais pourtant prendre ça avec un millier de pincettes. Parce que, bizarrement, il n'a pas dit qu'il les avait effacés.

Il me regarde, son expression indéchiffrable. C'est drôle. Toutes ces années où j'ai été dans sa classe et ri avec tout le monde des trucs bizarres qu'il disait. Toutes ces pièces dans lesquelles je l'ai vu jouer. On a même passé une année assis l'un à côté de l'autre à la chorale. Mais, en réalité, c'est à peine si je le connais. Je dirais même que je ne le connais pas du tout.

Jamais de ma vie je n'ai à ce point sous-estimé quelqu'un.

— Je vais t'aider, dis-je finalement. D'accord ?

Il hausse les épaules.

J'ouvre la porte, et Mme Albright nous pousse sur la scène.

— Très bien. J'ai besoin de Fagin, Dodger, Oliver, et les garçons. Acte I, scène 6. Allons.

— Simon ! lance Abby en se jetant à mon cou avant de me tapoter les joues. Ne m'abandonne plus jamais.

— Qu'est-ce que j'ai manqué ?

— Oh, rien, murmure-t-elle, si ce n'est que Taylor me mène une vie infernale.

— Le cercle le plus blond de l'Enfer.

Taylor Metternich semble tout droit sortie des années cinquante, la garde-robe en moins. Je l'imagine toujours assise devant sa coiffeuse, le soir, à compter ses coups de brosse. C'est le genre de personne qui va poster sur Facebook pour vous demander vos résultats d'histoire. Pas en signe de soutien, non. Elle veut réellement connaître votre note.

— À nous, les gars, dit Mme Albright.

Ce qui est à mourir de rire, parce que Martin, Cal Price et moi-même sommes les seuls sur scène à pouvoir répondre à ce titre, techniquement.

— Un peu de patience : on va faire de la mise en place.

Elle se dégage les yeux et coince sa longue frange derrière son oreille. Mme Albright est vraiment jeune pour une enseignante, et elle a les cheveux rouge vif. Genre, rouge électrique.

— Acte I, scène 6, c'est la scène du pickpocket, c'est bien ça ? demande Taylor, parce que c'est le genre de personne à faire mine de poser une question pour montrer à tout le monde qu'elle connaît déjà la réponse.

— Tout à fait, confirme Mme Albright. À toi de jouer, Cal.

Cal est régisseur. Un première, comme moi, qui trimballe un exemplaire de la pièce serré dans un énorme classeur bleu constellé de notes au crayon. Amusant que son rôle consiste à nous donner des ordres et à stresser, parce que c'est la personne la moins autoritaire que je connaisse. Il parle d'une voix douce, avec un accent du Sud qui n'affecte pas qu'une poignée de mots. Ce qui est moins courant qu'on ne le croit.

Il a aussi des mèches brunes hirsutes, comme je les aime, et des yeux sombres, aigue-marine. À ma connaissance, il n'est pas gay. Mais il fait partie du club de théâtre.

— Très bien, dit Mme Albright, Dodger vient de sympathiser avec Oliver, qu'il ramène pour la première fois au repaire afin de le présenter à Fagin et aux garçons. Alors. Quel est votre objectif ?

— Lui montrer qui est le patron, déclare Emily Goff.

— Peut-être lui rentrer un peu dans le lard ? suggère Mila Odom.

— Exactement. C'est le petit nouveau, et vous n'avez pas à lui faciliter la vie. C'est un naze. Vous allez l'intimider, lui piquer ses affaires.

Quelques élèves rient. Mme Albright est raisonnablement cool pour une prof.

Avec l'aide de Cal, elle nous indique nos positions – ce qu'elle appelle « arranger le tableau ». Ils veulent que je m'allonge en m'appuyant sur les coudes et que je lance une petite bourse. Lorsque Dodger et Oliver entrent, nous sommes tous censés nous jeter sur la sacoche d'Oliver. L'idée me prend de la fourrer sous ma chemise et de tituber à travers la scène, la main sur les reins, comme une femme enceinte.

Mme Albright est fan.

Tout le monde rit, et franchement, c'est un moment formidable. Les lumières de l'auditorium sont éteintes, à l'exception des spots qui surplombent la scène, nous avons tous le regard brillant et la tête légère sous le coup de l'hilarité. Je tombe un peu amoureux de tout le monde. Même de Taylor.

Même de Martin, aussi. Nos regards se croisent, et je ne peux m'empêcher de lui rendre son sourire. C'est une vraie lavette mais il est si dégingandé, nerveux, ridicule. Ça désamorce un peu la haine que je peux éprouver à son égard.

Alors voilà. Je ne chanterai pas ses louanges. Et je ne sais pas ce qu'il attend de moi vis-à-vis d'Abby, parce qu'honnêtement je le connais à peine. Mais je suppose que je trouverai bien quelque chose.

Quand la répétition s'achève, je reste assis avec Abby au bord d'une des plateformes, les jambes ballantes, à observer Mme Albright et Cal qui prennent des notes dans le grand classeur bleu. Le bus régional ne part pas avant un quart d'heure, après quoi Abby en aura encore pour une heure de trajet. Comme la plupart des élèves noirs, elle passe plus de temps dans les transports chaque jour que moi en une semaine. La ségrégation à Atlanta existe, pourtant personne n'en parle jamais.

Elle bâille et s'allonge sur la scène, un bras replié sous la tête. Elle porte des collants avec sa petite robe imprimée, et son poignet gauche est chargé de bracelets de l'amitié.

Assis de l'autre côté de la scène, à quelques mètres de là, Martin tire si lentement sur la fermeture Éclair de son sac à dos que cela ne peut qu'être intentionnel. Il semble mettre un point d'honneur à ne pas nous dévisager.

Abby a les yeux clos. Sa bouche porte toujours un semblant de sourire, et elle sent un peu le pain perdu. Si j'étais hétéro… La folie autour d'Abby… Je crois que je comprends, après tout.

— Eh, Martin ? dis-je d'une voix bizarre.

Il se tourne vers moi.

— Tu viens chez Garrett demain ?

— Je, euh, répond-il. Il y a une soirée ?

— Pour fêter Halloween. Tu devrais venir. On y sera.

— Oui, peut-être, dit-il en trébuchant sur son lacet.

Il essaie de faire passer ça pour un pas de danse. Franchement, je ne sais même plus quoi dire. Je suppose qu'il existe un juste milieu entre rire de quelqu'un et rire avec quelqu'un.

Je suis presque sûr que ce juste milieu a pour nom Martin.

Abby tourne la tête pour me regarder.

— Je ne savais pas que tu étais pote avec Marty, dit-elle.

Ce qui est bien la remarque la plus hilarante qu'on m'ait jamais faite.

CHAPITRE QUATRE

À : bluegreen118@gmail.com

DE : hourtohour.notetonote@gmail.com

ENVOYÉ LE 30/10 À 21 H 56

OBJET : Re : Saucisses vides

Blue,

Je crois que je n'ai jamais vraiment essayé de donner dans le flippant. Dans ma famille, on est plutôt branchés costumes marrants. C'était à qui réussirait à faire rire mon père le plus fort. Ma sœur s'est déguisée en poubelle, une année. Pas en Oscar de *1, rue Sésame*, non. Une simple poubelle remplie de détritus. Quant à moi, je jouais toujours la même carte. Je ne me lassais pas du concept du garçon-en-robe (jusqu'au jour où j'en ai eu assez, je suppose… j'étais en CM1, je portais cet extraordinaire costume années folles, et puis je me suis regardé dans le miroir et j'ai senti comme une décharge de mortification). Maintenant, je dirais que je vise l'équilibre parfait entre simplicité et coolitude.

Je n'arrive pas à croire que tu ne te déguises pas. As-tu seulement conscience que c'est rejeter l'occasion rêvée d'être quelqu'un d'autre le temps d'une soirée ?

Déceptionnellement vôtre,

Jacques

À : hourtohour.notetonote@gmail.com
DE : bluegreen118@gmail.com
ENVOYÉ LE 31/10 À 08 H 11
OBJET : Re : Saucisses vides

Jacques,

Navré de te décevoir. Je n'ai rien contre le déguisement, et je dois dire que tu t'en fais le parfait avocat. Oui, cela peut être séduisant d'être quelqu'un d'autre le temps d'une soirée (voire en général). À vrai dire, je jouais moi aussi toujours la même carte quand j'étais petit : celle du superhéros. Je suppose que j'aimais m'imaginer une identité secrète compliquée. Peut-être est-ce encore le cas. Peut-être est-ce la raison même de ces e-mails.

Quoi qu'il en soit, si je ne me déguise pas cette année, c'est parce que je ne sors pas. Ma mère va à une soirée au travail, aussi suis-je coincé à la maison, de corvée de bonbons. Je suis sûr que tu t'accorderas à dire qu'il n'y a rien de plus triste pour un garçon de seize ans que de rester seul à la maison pour Halloween et d'ouvrir la porte en costume.

Ta famille a l'air intéressante. Comment as-tu convaincu tes parents de t'acheter toutes ces robes ? Je suppose que tu devais les porter avec ces improbables escarpins Disney en plastique. Tu veux un autre secret ? Quand j'avais quatre ou cinq ans, je ne rêvais que de ces chaussures. J'en mourais d'envie. Mais, même à l'époque, je savais qu'il ne fallait pas les demander.

Quoi qu'il en soit, j'espère que tu profiteras de cette journée sans Jacques. Et j'espère que ton costume de ninja aura du succès (c'est forcément ça, non ? le mélange parfait de simplicité et de coolitude ?)

Blue

À : bluegreen118@gmail.com
DE : hourtohour.notetonote@gmail.com
ENVOYÉ LE 31/10 À 08 H 25
OBJET : Re : Saucisses vides

Ninja ? Bien troussé, mais ce n'est pas ça.

Jacques

À : bluegreen118@gmail.com
DE : hourtohour.notetonote@gmail.com
ENVOYÉ LE 31/10 À 08 H 26
OBJET : Re : Saucisses vides

Aaaah, fichu correcteur automatique ! Bien TRINGLÉ.

À : bluegreen118@gmail.com
DE : hourtohour.notetonote@gmail.com
ENVOYÉ LE 31/10 À 08 H 28
OBJET : Re : Saucisses vides

GAHHHHH !!!!!

Bien TROUVÉ. TROUVÉ. Bon sang. Voilà pourquoi je ne t'écris jamais de mon téléphone.

Maintenant, si tu veux bien m'excuser, je m'en vais mourir de honte.

J

CHAPITRE CINQ

Rien ne peut rivaliser avec Halloween un vendredi. Toute la journée, le lycée baigne dans une sorte d'ambiance électrique qui semble rendre les cours moins ennuyeux et les profs plus drôles. Je porte des oreilles de chat en feutre scotchées à ma capuche et une queue épinglée derrière mon jean, qui me valent des sourires d'élèves que je ne connais pas dans les couloirs. Des rires sympathiques. Une journée formidable.

Abby rentre avec moi ; on a prévu d'aller ensuite chez Nick à pied, pour que Leah nous prenne dans sa voiture. Leah a déjà dix-sept ans et, en Géorgie, ça change tout côté permis. Pour l'instant j'ai droit à un passager en plus de Nora, et c'est tout. Mes parents sont assez laxistes en général, mais pour ce qui est de la voiture, alors là… je n'ai pas intérêt à faire le mariole.

À peine arrivée dans la cuisine, Abby s'affale par terre pour câliner Bieber. Elle et Leah n'ont pas grand-chose en commun, hormis leur passion pour mon chien. Lequel est présentement allongé sur le dos, le ventre offert, et regarde Abby avec langueur. Pathétique.

Bieber est un golden retriever, avec de grands yeux marron un peu fous. Alice était tellement fière d'elle quand elle lui a trouvé ce nom. Sans mentir, ça lui va à la perfection.

— Alors, ça se passe où ? demande Abby en me regardant.

Elle et Bieber sont étroitement enlacés, et son bandeau lui tombe sur les yeux. Nombreux sont ceux qui ont opté pour la version light d'Halloween au lycée aujourd'hui : oreilles d'animaux, masques, ce genre d'accessoire. Abby a débarqué grimée en Cléopâtre de la tête aux pieds.

— Chez Garrett… Du côté de Roswell Road, il me semble ? Nick saura.

— Donc ça sera plein de joueurs de foot ?

— Sans doute. Sais pas, dis-je. Je n'en ai pas la moindre idée.

— Peu importe. Ça sera marrant.

Elle tente de repousser le chien. Son costume lui remonte en haut de la cuisse. Elle porte des collants, mais franchement. C'est assez drôle. Pour autant que je sache, tout le monde me croit hétéro, mais Abby semble avoir compris qu'elle n'a pas à se gêner devant moi. C'est peut-être sa façon d'être.

— Eh, t'as pas faim ? demande-t-elle, me rappelant que j'aurais dû lui offrir quelque chose.

On opte pour des toasts au fromage, qu'on emporte dans le salon pour grignoter devant la télé. Nora est pelotonnée dans un coin du canapé, à faire ses devoirs. Elle ne sort jamais. Elle jette un œil à nos sandwiches avant de glisser du canapé une minute plus tard pour aller s'en préparer un. Franchement, si elle voulait des sandwiches, elle n'avait qu'à me le dire. Notre mère la sermonne de temps en temps, en lui disant qu'elle devrait s'affirmer davantage. Enfin, j'aurais pu lui demander si elle avait faim. Ce n'est pas toujours facile pour moi de rentrer dans la tête des gens. Sans doute mon plus gros défaut.

On zappe au hasard sur Bravo, Bieber étalé entre nous sur le canapé. Nora revient avec son sandwich et retourne à ses devoirs. Mes sœurs et moi avons tendance à faire nos devoirs devant la télé ou en écoutant de la musique. Ce qui ne nous empêche pas d'avoir de bons résultats.

— On ferait mieux de s'habiller, non ? suggère Abby.

Elle a prévu un autre costume pour la soirée, maintenant que tout le monde a déjà vu Cléopâtre.

— On n'est pas attendus avant 20 heures.

— Mais tu ne veux pas te déguiser pour les gamins ? insiste-t-elle. J'ai toujours détesté d'être accueillie par des gens en tenue normale.

— Euh, si tu veux. Mais je te promets que les gosses ici ne s'intéressent qu'aux bonbons. Ils se fichent pas mal de savoir qui les sert.

— C'est plutôt inquiétant, remarque Abby.

Ça me fait rire.

— C'est vrai.

— Bon, dans ce cas, j'emprunte ta salle de bains. Il est temps de me transformer.

— Ça marche, dis-je. Je me transformerai ici.

Nora lève le nez de son manuel.

— Simon. Beurk.

— Je vais juste enfiler une robe de Détraqueur par-dessus mes vêtements. Je pense que tu t'en remettras.

— Un Détraqueur ? C'est quoi ?

Non mais je rêve.

— Nora, tu n'es plus ma sœur.

— Oh, je vois. Encore *Harry Potter*, dit-elle.

Garrett et Nick entrechoquent leurs poings à notre arrivée.

— Eisner. Quoi. De. Neuf.

Déjà, je me sens un peu perdu. Car voyez-vous, je suis plus habitué à un autre type de fêtes : celles où, quand vous arrivez, la mère de votre hôte vous escorte jusqu'au sous-sol, lequel est rempli de cochonneries à grignoter, de jeux d'ambiance et de convives chantant au hasard. Avec peut-être quelques personnes en train de jouer à la console.

— Alors, qu'est-ce que je vous sers ? demande Garrett. On a de la bière et, euh, de la vodka et du rhum.

— Non merci, répond Leah. Je conduis.

— Oh. Il y a aussi du Coca et des jus de fruits, si tu veux.

— Vodka et jus d'orange pour moi, annonce Abby.

Leah secoue la tête.

— Un Screwdriver pour Wonder Woman, tout de suite. Eisner, Spier ? Vous prenez quelque chose ? Une bière ?

— Okay, dis-je, le cœur battant.

— Une bière pour Spier, dit Garrett avec un rire, sans doute pour le rythme.

Il disparaît pour aller chercher nos boissons. Un excellent hôte, comme le signalerait probablement ma mère. Même si jamais, au grand jamais, je ne raconterai tout cela à mes parents. Cela les amuserait beaucoup trop.

Je m'adosse au mur, ma capuche de Détraqueur remontée sur la tête. Nick est monté chercher la guitare du père de Garrett, ce qui me laisse seul face à cette étrange tension silencieuse qui s'installe entre Abby et Leah. Abby chantonne à l'unisson de la musique en secouant très légèrement les épaules.

Je me rapproche piteusement de Leah. Il y a des moments, comme ça, où je sais qu'elle ressent exactement la même chose que moi.

Leah regarde le canapé et fait remarquer, d'une voix basse et exceptionnellement sarcastique :

— Minute, c'est Katniss qui roule des pelles à Yoda ?

— Qui roule des pelles à qui ? demande Abby.

Pause.

— Oh… laisse tomber, dit Leah.

— Où est passé Nick ? s'interroge Abby. Ah, voilà Garrett avec nos boissons.

— Donc, Screwdriver pour ces dames… annonce Garrett en leur tendant un verre à chacune.

— Je… d'accord, rétorque Leah en roulant les yeux au ciel avant de poser le cocktail sur la table derrière elle.

— Et une bière pour… je ne sais même pas en quoi tu es déguisé.

— En Détraqueur, dis-je.

— Qu'est-ce que c'est que ça, encore ?

— Un Détraqueur ? Tu sais, dans *Harry Potter* ?

— Peu importe, rabats ta capuche, bon sang ! Et toi, qu'est-ce que tu es censée être ?

— Kim Kardashian, répond Leah, pince-sans-rire.

Garrett semble perdu.

— Tohru de *Fruits Basket*.

— Je…

— Un manga, explique-t-elle.

— Ah.

Un cluster dissonant s'échappe d'un piano à l'autre bout de la pièce, attirant le regard de Garrett. Des filles sont assises sur la banquette face au clavier ; l'une d'entre elles a dû abattre le coude sur les touches.

Si seulement on pouvait filer d'ici.

Je prends une gorgée de bière, et c'est… sérieux, c'est absolument répugnant. Bien sûr, je ne m'attendais pas à un parfum de glace mais, nom d'un chien, il y en a qui mentent et se font faire de faux papiers pour entrer dans un bar boire ça ? Franchement, je crois que je préférerais encore rouler des pelles à Bieber. Le chien. Ou Justin.

En tout cas, il y a de quoi s'inquiéter pour le sexe et tout le pataquès qu'on en fait.

Garrett nous confie la boisson de Nick pour aller rejoindre les filles au piano. Des seconde, je crois. Leurs costumes sont étonnamment drôles : l'une d'entre elles porte une nuisette de soie avec une étiquette annonçant « Déshabillez-moi ». Voilà qui devrait plaire à Nick, même si elles ont l'âge de Nora. Quand je pense qu'elle boivent de l'alcool ! Garrett referme prestement le couvercle du piano. Le fait qu'il se soucie de l'instrument me le rend plus sympathique.

— Te voilà enfin, dit Abby.

Nick est de retour avec une guitare acoustique, qu'il agrippe comme si sa vie en dépendait. Il s'installe par terre pour l'accorder, adossé contre le canapé. Quelques invités regardent dans sa direction sans interrompre leurs conversations. C'est étrange : ces visages me semblent familiers, alors qu'ils appartiennent tous à des joueurs de foot et autres sports. Aucun mal à cela, bien sûr. C'est juste que je ne les connais pas vraiment. À l'évidence, ce n'est pas ici que je croiserai Cal Price, du club de théâtre, et je ne sais même pas où est passé Martin.

Leah se laisse glisser le long du mur, les jambes repliées inconfortablement sur le côté. Elle porte une jupe avec son costume. Je vois bien qu'elle essaie de cacher ses cuisses. Je m'assieds près d'elle de façon à ce que ma robe lui recouvre les jambes. Elle m'adresse un petit sourire, sans me regarder. Abby s'assied en tailleur en face de nous. On est bien, comme ça, avec notre coin à nous.

Je commence à me sentir plutôt heureux, un peu brumeux, et la bière n'a plus si mauvais goût au bout de quelques gorgées. Quelqu'un, Garrett sans doute, a dû éteindre la stéréo. Quelques personnes se sont rassemblées pour écouter Nick. Je ne sais pas si je vous l'ai déjà dit, mais Nick chante de la voix la plus incroyablement parfaite au monde. Et même s'il choisit en général des musiques absolument épouvantables, cette fois il a opté pour *Wish You Were Here* de Pink Floyd, et je pense à Blue. À Cal Price, aussi.

Voilà le topo. J'ai comme le sentiment, dans mes tripes, que Blue n'est autre que Cal Price. Je ne sais pas pourquoi. Les yeux, sans doute. Les siens sont comme l'océan : vague après vague de bleu-vert. Et parfois, quand je le regarde, j'ai l'impression qu'on se comprend, qu'il le sait et que c'est parfait, sans qu'on ait besoin de l'exprimer.

— Simon, qu'est-ce que tu as bu, au juste ? me demande Leah.

J'ai les doigts entortillés dans sa tignasse. Elle a de si beaux cheveux, qui sentent le pain perdu. Ah non, ça c'est Abby. Leah, elle, sent l'amande.

— Une bière.

Une bière absolument, divinement délicieuse.

— Une bière. Je ne saurais même pas te dire combien tu as l'air ridicule.

Mais elle sourit presque.

— Leah, savais-tu que tu avais un visage totalement irlandais ?

Elle me regarde.

— Pardon ?

— Vous voyez ce que je veux dire, vous autres ? Genre, un visage celtique. Tu es irlandaise ?

— Va savoir.

Abby s'esclaffe.

— Moi, j'ai des ancêtres écossais, lance une voix.

Je lève les yeux. C'est Martin Addison, affublé d'oreilles de lapin.

— Oui, exactement, dis-je tandis que Martin s'assied à côté d'Abby, assez près mais pas trop. Voilà, et c'est trop bizarre, tu ne trouves pas, parce qu'on a tous des ancêtres de tous les coins du monde, et on est tous là dans le salon de Garrett, et les ancêtres de Martin viennent d'Écosse et ceux de Leah d'Irlande.

— Si tu le dis.

— Et ceux de Nick viennent d'Israël.

— D'Israël ? interrompt Nick, dont les doigts glissent toujours sur les frettes de la guitare. Ils venaient de Russie !

Comme quoi on en apprend tous les jours. J'étais persuadé que les Juifs venaient d'Israël.

— Bon, d'accord, et moi je suis anglais et allemand et Abby est, tu sais…

Oh mon Dieu, je ne connais rien à l'Afrique. Cela fait-il de moi un raciste ?

— D'Afrique de l'Ouest, je crois.

— Exactement. Enfin, c'est tellement aléatoire. Comment est-ce qu'on a tous atterri ici ?

— Par l'esclavage, dit Abby.

Bordel de merde. Je ferais mieux de la fermer. J'aurais dû la fermer il y a cinq minutes.

— Eh, je vais aller me chercher à boire, annonce Martin en sautant comme une puce, une puce nommée Martin. Je vous rapporte quelque chose ?

— Merci, je conduis, dit Leah.

Même si ce n'était pas le cas, elle ne boirait pas. Je le sais. Parce qu'il existe une frontière invisible, d'un côté de laquelle se trouvent les gens comme Garrett, Abby, Nick et tous les musiciens qui aient jamais existé. Les gens, qui vont dans des soirées, boivent, et ne sont pas pétés après une bière. Les gens qui ont déjà couché et qui n'en font pas tout un plat.

Et de l'autre, il y a les gens comme Leah et moi.

Il y a une chose, pourtant, qui rend la situation moins douloureuse : le fait que Blue soit des nôtres. Je lis sans doute entre les lignes, mais je ne crois même pas que Blue ait échangé le moindre baiser. C'est drôle… je ne sais même pas si mes baisers à moi comptent.

Je n'ai jamais embrassé de garçon. Et je n'arrête pas d'y penser.

— Spier ? demande Martin.

— Pardon, tu disais ?

— Quelque chose à boire ?

— Oh, merci, ça ira pour le moment.

Leah émet un petit ricanement.

— Moi aussi, j'ai mon compte. Merci quand même, dit Abby en tapotant son pied contre le mien. À la maison, il suffisait de prendre le métro et de rentrer en douce, ça ne posait pas de problème.

Quand elle dit « maison », c'est de Washington qu'elle parle.

— Mais je doute que les parents de Simon aient envie de me voir bourrée.

— Ils s'en ficheraient, je crois.

Abby repousse sa frange sur le côté pour me regarder.

— Tu serais surpris.

Leah nous dépose tous chez Nick à minuit, après quoi il nous reste sept minutes de marche pour arriver chez moi. Toutes les lumières de la maison sont éteintes, mais le quartier, lui, est toujours baigné d'une lueur orange. Quelques citrouilles gisent écrasées, du papier toilette pend aux branches des arbres. Shady Creek a beau être une banlieue de conte de fées la plupart du temps, lorsque la pénurie de bonbons frappe Halloween, les criminels des bas-fonds pointent leur nez. En tout cas dans notre voisinage.

L'air est frisquet, la nuit étrangement calme ; si Abby ne m'avait pas accompagné, j'aurais dû noyer ce silence de musique. Wonder Woman et un Détraqueur gay comme uniques survivants d'une apocalypse zombie. Voilà qui n'augure rien de bon pour la survie de l'espèce.

On tourne au coin de la rue de Nick. Je pourrais rentrer chez moi les yeux fermés.

— Dis, j'ai une question à te poser, lance Abby.

— Je t'écoute.

— Martin est venu me parler quand tu étais aux toilettes.

Quelque chose se glace en moi.

— D'accord, dis-je.

— Oui, et voilà... je me trompe peut-être, mais il parlait de la fête du lycée, il a dû y faire allusion trois fois au moins.

— Il t'a invitée au bal ?

— Non. Même si… j'imagine que c'était peut-être ce qu'il essayait de faire ?

Ce foutu Martin Addison. Plus maladroit, tu meurs. Mais bordel, ce que je suis soulagé qu'il ne lui ait rien dit.

— Je suppose que ça n'a pas abouti ?

Abby sourit.

— Il est vraiment gentil.

— Grave.

— C'est juste que j'y vais avec Ty Allen. Il me l'a proposé il y a deux semaines.

— Vraiment ? Pourquoi ne suis-je pas au courant ?

— Oh pardon, j'aurais dû l'annoncer sur le Tumblr, peut-être ? Je lui ai donné ma réponse aujourd'hui. (Nouveau sourire.) Enfin bref, je ne sais pas, tu pourrais peut-être en dire un mot à Martin ? C'est ton pote, non ? J'aimerais mieux ne pas devoir décliner une invitation de sa part, dans la mesure du possible.

— Je verrai ce que je peux faire.

Je me sens un peu mal à l'aise.

— Et toi ? Tu boycottes toujours ? demande Abby.

— Bien sûr.

Leah, Nick et moi sommes d'avis que la fête du lycée est terriblement minable. Nous n'y allons jamais.

— Tu pourrais inviter Leah, suggère Abby.

Elle me lance un regard de biais ; son expression est étrange et pénétrante.

Je sens un tourbillon de rire monter en moi.

— Tu crois qu'elle me plaît.

— Je n'en sais rien, dit-elle avec un sourire et un haussement d'épaules. Vous étiez si mignons ce soir, tous les deux.

— Leah et moi ?

Mais je suis gay. GAY. Gaaaaaaaayyyy. Bon sang, je devrais le dire. Je vois sa réaction d'ici.

Nous sommes accueillis par ma mère, qui nous attend dans la cuisine. Je serre les fesses. Le truc, avec ma mère, c'est qu'elle est psy pour enfants. Et ça se voit.

— Alors, racontez-moi tout, les enfants !

Nous y voilà. *C'était énorme, maman. Heureusement que l'alcool coulait à flots !* Non mais franchement.

Abby se débrouille mieux que moi : elle se lance dans une description incroyablement détaillée des costumes de chacun pendant que ma mère nous apporte un plat monumental de choses à grignoter. Mes parents se couchent généralement vers 22 heures, et je vois bien qu'elle est épuisée. Mais je savais qu'elle serait debout à notre retour. Elle ne vit que pour ces moments où prouver qu'elle est trop cool, vas-y quoi.

— Et Nick a joué de la guitare, dit Abby.

— Nick est tellement doué, dit ma mère.

— Oh, je sais, répond Abby. Les filles étaient folles de lui.

— Je n'arrête pas de dire à Simon d'apprendre la guitare. Sa sœur en jouait aussi.

— Je vais me coucher, dis-je. Ça va aller, Abby ?

Ma mère lui a proposé de dormir dans la chambre d'Alice, ce qui est assez tordant quand on sait que Nick, lui, a dû se contenter du sol de ma chambre pendant dix ans.

Ce n'est qu'une fois dans mes pénates que je peux enfin me détendre. Bieber est déjà hors circuit, roulé en boule au pied de mon lit dans un nid de jeans et de hoodies. Ma robe de Détraqueur finit par terre. Je visais le panier à linge. Je ne suis qu'un pathétique gringalet.

Je m'allonge sur mon lit. Je déteste mettre les draps en désordre tant que je ne vais pas dormir. Si bizarre que cela puisse paraître, alors même que le reste de ma chambre n'est qu'un enfer de papiers, linge sale, livres et objets divers, je prends soin de faire mon lit tous les matins. C'est un peu mon radeau de survie.

J'enfonce les écouteurs dans mes oreilles. Je n'ai pas le choix après 22 heures : ma chambre jouxte celle de Nora, laquelle Nora est un vrai Grinch en matière de musique.

Il me faut du familier. Elliott Smith.

Je suis parfaitement éveillé, encore électrisé par la fête. J'ai trouvé ça bien, même si je n'ai pas vraiment matière à comparaison. Ça me fait tout drôle de savoir que j'ai bu une bière. Je sais, c'est incroyablement nul de se mettre dans un état pareil pour une seule petite bière. Certains de mes potes se diraient sûrement qu'il faut être fou pour s'arrêter à une. Oui, mais pas moi.

Je crois que je n'en parlerai pas à mes parents, même si je doute qu'ils me grondent pour ça. Je n'en sais rien. J'ai besoin de rester un peu seul dans ma tête avec ce nouveau

Simon. C'est le genre de choses que mes parents ont le chic pour gâcher. Eux et leur curiosité… À croire qu'ils se font une idée bien précise de moi et qu'il me suffit d'en dévier d'un pouce pour leur faire perdre les pédales. Quelque part, je trouve cela incroyablement gênant. Ça dépasse l'entendement.

Après tout, l'annonce à mes parents a été l'aspect le plus bizarre et le plus horrible de mes relations avec mes copines. Les trois fois. Honnêtement, c'était encore pire que les ruptures. Je n'oublierai jamais le jour où je leur ai parlé de ma copine de quatrième, Rachel Thomas. Oh mon Dieu. Déjà, ils ont demandé à voir sa photo dans l'almanach. Mon père est allé jusqu'à apporter le livre dans la cuisine, qui est mieux éclairée, avant de garder le silence une bonne minute. Puis :

— Sacrés sourcils qu'elle a, la miss.

À vrai dire, je n'y avais même pas fait attention avant qu'il le remarque mais, après ça, je n'arrivais plus à penser à autre chose.

Ma mère, de son côté, était obsédée par l'idée que j'avais une copine, la première. Je ne sais pas pourquoi ça l'étonnait tellement, puisque je suis à peu près sûr que tout le monde commence par n'en avoir jamais eu. Enfin bref. Elle voulait tout savoir : comment on s'était mis ensemble, ce que je ressentais, et si on avait besoin qu'elle nous emmène quelque part en voiture. Elle s'intéressait tellement à tout, trop bizarre. Le célibat perpétuel de mes sœurs n'arrangeait pas les choses, au contraire, ça me précipitait d'autant plus sous les feux des projecteurs.

Le plus étrange, c'est qu'ils ont réussi à transformer ça en un énorme coming out. Ce qui ne peut pas être normal. Pour autant que je sache, la plupart des gamins hétéros n'ont pas à stresser à ce sujet.

Voilà ce que les gens ne comprennent pas. Cette histoire de coming out. Ce n'est même pas une question d'être gay ou pas, parce que je sais, au fond de moi, que cela ne poserait aucun problème à ma famille. Nous ne sommes pas croyants. Mes parents votent démocrate. Alors oui, mon père est un plaisantin, et ça serait sans doute gênant, mais je me considère plutôt chanceux. Je sais qu'ils ne vont pas me déshériter. Et je ne doute pas que certains, au lycée, feront de ma vie un enfer, mais mes amis ? Aucun problème. Leah adore les gays, elle serait sans doute folle de joie.

Mais je suis tellement fatigué de faire mon coming out. Ça n'en finit pas. J'essaie de ne pas changer, et pourtant, je n'arrête pas de changer, imperceptiblement. Je me trouve une copine. Je bois une bière. Et, chaque fois, je dois l'annoncer à l'univers tout entier.

CHAPITRE SIX

À : hourtohour.notetonote@gmail.com
DE : bluegreen118@gmail.com
ENVOYÉ LE 01/11 À 11 H 12
OBJET : Re : Saucisses vides

Jacques,

J'espère que tu as passé un excellent Halloween, et que ton mélange de simplicité et de coolitude a fait mouche. Ici, c'était plutôt calme. On n'a vu passer qu'une demi-douzaine de gamins pour les bonbons. Ce qui veut bien entendu dire que je me trouve dans l'obligation contractuelle de finir les dernières tartelettes au beurre de cacahuète.

Je n'arrive pas à croire que la fête du lycée approche. J'ai hâte d'y être. Ne te méprends pas, j'aime toujours aussi peu le football américain, mais cela ne m'empêche pas d'aller voir le match, et d'aimer ça. Sans doute à cause des lumières, des tambours et du parfum qui flotte dans l'air. L'automne a comme un parfum de possibilité. À moins que ça ne soit mon goût pour les pom-pom girls. Tu me connais.

As-tu quelque chose de prévu ce week-end ? On est censé avoir pine beau temps. Pardon, bite beau temps. :)

Blue

À : bluegreen118@gmail.com
DE : hourtohour.notetonote@gmail.com
ENVOYÉ LE 01/11 À 17 H 30
OBJET : Le beurre de cacahuète, c'est meilleur que le sexe.

Très drôle, Blue. TRÈS DRÔLE.

Désolé d'apprendre que tu n'as eu que six petits visiteurs pendant que tu étais coincé chez toi. Quel gâchis. L'an prochain, tu pourrais peut-être laisser un plat devant la porte, avec un mot disant aux enfants d'en prendre deux chacun ? Évidemment, les gamins de mon quartier s'empresseraient de se servir par poignées en poussant des ricanements maléfiques, avant, peut-être, de pisser sur le mot pour faire bonne mesure. Peut-être ceux de ton voisinage sont-ils plus civilisés, ceci dit.

Mais franchement, il restait des tartelettes au beurre de cacahuète ? Est-ce que c'est possible d'envoyer du chocolat par mail de nos jours ? PITIÉ, DIS-MOI QUE OUI.

C'était pas mal, Halloween. Sans en dire trop, je suis allé à une soirée chez un mec. Pas vraiment mes fréquentations habituelles, mais intéressant à n'en pas douter, et j'aime tout ce qui est intéressant. Je n'arrête pas de penser au concept des identités secrètes. Cela t'arrive-t-il de te sentir enfermé en toi-même ? Je ne sais pas si c'est clair. Je suppose que ce que j'essaie de dire, c'est que j'ai parfois l'impression que tout le monde me connaît, à part moi-même.

Bon, et je suis ravi que tu mentionnes la fête du lycée, parce que j'avais complètement oublié que c'est la semaine de l'esprit d'équipe. C'est le lundi qu'on doit se costumer d'après le style d'une décennie précise, c'est bien ça ? Je ferais mieux de vérifier sur Internet, pour éviter de me ridiculiser. Je n'arrive pas à croire que la semaine de l'esprit d'équipe tombe juste après Halloween. Creekwood tire toutes ses cartouches d'un coup pour les carnavals. Comment as-tu prévu de t'habiller demain ? Tu ne répondras pas, je le sais.

Et j'étais absolument sûr que tu étais du genre à mater les pom-pom girls pour le match, parce que tu es un homme à femmes. Moi aussi, Blue. Moi aussi.

Jacques

À : hourtohour.notetonote@gmail.com
DE : bluegreen118@gmail.com
ENVOYÉ LE 02/11 À 13 H 43
OBJET : RE : Le beurre de cacahuète, c'est meilleur que le sexe.

Le beurre de cacahuète, meilleur que le sexe ? Certes, je n'ai pas le moindre avis sur la question, mais je ne puis m'empêcher d'espérer que tu te trompes. Peut-être devrais-tu laisser tomber le sexe hétéro, Jacques. Enfin, je dis ça je dis rien.

Les gamins de ton quartier ont l'air absolument charmants. On n'a jamais vraiment eu de problème urinaire dans le coin, aussi appliquerai-je peut-être ton conseil l'année prochaine. Non que cela ait une quelconque importance, puisque ma mère ne sort pour ainsi dire jamais.

Je comprends très bien ce que tu veux dire quand tu parles d'être enfermé en soi. En ce qui me concerne, je ne crois même pas que cela ait un quelconque rapport avec l'opinion des autres. Disons plutôt que je suis tenté de me laisser aller à dire et faire certaines choses, mais que je semble toujours me retenir. Je pense que j'ai peur, quelque part. Rien que l'idée suffit à me provoquer des haut-le-cœur. Je t'ai déjà dit que j'avais facilement la nausée ?

Bien sûr, c'est pour cette raison que je préfère ne rien dire au sujet de la semaine de l'esprit d'équipe et des costumes. Je ne voudrais pas que tu assembles les pièces du puzzle pour me reconnaître. Quelle que soit la nature de notre échange, je doute qu'il puisse fonctionner si nous connaissions chacun l'identité de l'autre. Je dois avouer que cela me stresse un peu, de me dire que tu es une personne en lien direct avec ma vie de tous les jours, plutôt qu'un simple anonyme croisé sur le Net. À l'évidence, j'ai partagé avec toi des informations intimes que je n'ai jamais révélées à personne. Je ne sais pas, Jacques... il y a quelque chose, chez toi, qui me pousse à me livrer, et je trouve cela un peu effrayant.

J'espère ne pas te mettre mal à l'aise. Je sais bien que tu plaisantais en me demandant quel serait mon costume, mais je tenais à te le dire – au cas où... Ce n'était peut-être pas une simple plaisanterie. Et je dois admettre qu'il m'arrive de m'interroger à ton sujet, aussi.

Blue

PS : Ci-joint une tartelette au beurre de cacahuète. J'espère que c'est ce à quoi tu pensais.

À : bluegreen118@gmail.com
DE : hourtohour.notetonote@gmail.com
ENVOYÉ LE 03/11 À 18 H 37
OBJET : Re : Le beurre de cacahuète, c'est meilleur que le sexe.

Blue,

Je crois que je t'ai mis mal à l'aise, et j'en suis vraiment, vraiment désolé. Je suis terriblement indiscret. Cela a toujours été mon problème. Je suis vraiment désolé, Blue. On dirait un disque rayé, je sais. Je ne suis pas sûr de te l'avoir dit clairement, mais les e-mails que nous échangeons comptent énormément pour moi. Je m'en voudrais à mort d'avoir tout foutu en l'air. Tout gâché. Pardon, je ne sais même pas si tu emploies des gros mots.

Il me semble aussi que je t'ai induit en erreur avec ce titre. Pour être honnête, moi non plus, je ne sais pas, TECHNIQUEMENT, si le beurre de cacahuète est meilleur que le sexe. Le beurre de cacahuète est absolument divin, bien sûr. Et meilleur, je parie, que le sexe hétéro, également appelé « rapports » (dixit ma mère).

Le sexe non hétéro, en revanche... J'imagine que ça doit légèrement surpasser le beurre de cacahuète. Je n'arrive pas à en parler sans rougir, c'est grave, docteur ?

En tout cas, puisqu'on parle de beurre de cacahuète, je te remercie pour la photo. C'était exactement ce que j'avais en tête. Au lieu de manger une de ces tartelettes, je voulais simplement IMAGINER combien elle serait salée et chocolatée et extraordinaire dans ma bouche. C'est génial, parce que je mourais d'envie de me torturer, mais j'avais la flemme de chercher sur Google des images de tartelettes au beurre de cacahuète.

J'aurais bien fait une razzia sur notre stock de chocolat moi aussi, mais il n'a hélas pas survécu au week-end.

Jacques

CHAPITRE SEPT

Le mercredi, c'est la journée de l'androgynie, ce qui fournit surtout une excuse aux Sudistes hétéros pour se travestir. Pas exactement ce que je préfère.

La première heure de cours est consacrée au visionnage de *La Nuit des rois*, parce que, c'est bien connu, les profs de littérature sont des comiques. M. Wise dispose dans sa classe d'un canapé tordu et miteux qui empeste la bière. Je suis à peu près sûr que les élèves reviennent là en cachette après les cours pour y faire l'amour et y répandre leurs fluides corporels. C'est ce genre de canapé. Le vrai mystère, c'est qu'on se bat tous à mort pour s'y asseoir pendant la classe, parce que tout devient un million de fois plus supportable dès qu'on n'est plus derrière un bureau.

Aujourd'hui, le canapé est envahi de footballeurs en tenue de pom-pom girl, plus spécifiquement Nick, Garrett et Bram. C'est généralement ce que font les sportifs pour la journée de l'androgynie. Vu qu'il n'y a qu'une vingtaine de pom-pom girls dans le lycée, je me demande bien comment sont satisfaits les besoins en costumes. Peut-être que chaque pom-pom girl dispose de dix uniformes. Qui sait à quoi ce lycée consacre son budget ?

Force est pourtant d'admettre que c'est assez génial de voir tous ces mollets footballistiques et ces tennis éraflées sortir de jupes plissées. Je n'arrive pas à croire que Bram Greenfeld s'est déguisé. Le Bram de notre table à la cantine. C'est un Noir très discret à la réputation de génie, mais je ne l'ai jamais entendu parler à moins d'y être contraint. Il s'enfonce au maximum dans le coin du canapé et frotte ses pieds l'un contre l'autre. Je ne l'avais jamais remarqué avant, mais il est plutôt craquant, en fait.

M. Wise a déjà lancé le film lorsque Abby déboule dans la pièce. Entre ses activités de pom-pom girl, de théâtreuse et tous ses comités, elle a toujours une bonne raison d'être en retard à la première heure, même si personne ne la reprend jamais. Ce qui agace Leah au plus haut point, d'autant que tout le monde semble toujours prêt à se serrer pour faire de la place à Abby sur le canapé.

La retardataire jette un œil aux occupants dudit canapé et éclate de rire. Nick paraît si fier de lui que c'en est ridicule. Son visage affiche exactement la même expression que le jour où il a trouvé un os de dinosaure enfoui sous la cour de notre école primaire.

Bien sûr, ce n'était qu'un os de poulet, mais quand même.

— C'est quoi ce délire ? demande Abby en se glissant sur la chaise derrière moi, arborant costard, cravate, et fausse barbe à la Dumbledore. Vous ne vous êtes pas déguisés !

— Je porte des barrettes, fais-je remarquer.

— Ah oui ? Elles sont invisibles. (Elle se tourne vers Leah.) Et toi, tu portes une robe ?

Leah la regarde et hausse les épaules sans une explication. Elle s'habille hyper féminin pour la journée de l'androgynie. C'est sa marque de fabrique. Sa façon de se montrer subversive.

Voilà le truc : j'aurais volontiers laissé ces foutues barrettes impossibles à défaire dans le tiroir d'Alice si je m'étais cru capable de m'en tirer aussi facilement. Mais tout le monde sait que je participe à ce genre d'idioties, si bien que cela paraîtrait un peu louche si je ne faisais pas mine de me travestir un minimum. Ce sont toujours les gars les plus hétéros, athlétiques et propres sur eux qui se lâchent pour la journée de l'androgynie. Amusant. Je suppose qu'ils se sentent suffisamment à l'aise avec leur sexualité pour ne pas se poser de question.

En fait, je déteste quand on sort cet argument. Après tout, moi aussi, je suis à l'aise avec ma sexualité. Mais ce n'est pas la même chose que d'être hétéro.

Je crois que ce qui me semble vraiment bizarre, c'est de s'habiller en fille. Ce que personne ne sait, pas même Blue, c'est que j'adorais me travestir, avant. Je ne saurais trop vous l'expliquer, mais je n'ai pas oublié la sensation que me procurait le contact de la soie et de l'air sur mes jambes nues. J'ai toujours su que j'étais un garçon, et jamais je n'aurais voulu être autre chose qu'un garçon. Mais, plus jeune, il m'arrivait de me réveiller en plein mois d'avril en rêvant de Halloween. J'essayais mon costume des dizaines de fois courant octobre, et tout le mois de novembre, je m'imaginais fiévreusement le sortir du placard une dernière fois. Même si je n'ai jamais franchi le pas.

Tous ces sentiments, je les perçois encore si nettement que je me demande si ce n'est pas pour ça que je ne supporte plus l'idée de me travestir. Je n'aime pas trop y penser. La plupart du temps, je n'arrive pas à croire que c'était moi.

La porte de la classe s'ouvre, et voilà Martin Addison, auréolé par la lumière brillante du couloir. Il a réussi à se dégoter un uniforme de pom-pom girl et s'est même donné le mal de rembourrer sa poitrine pour former des seins étrangement réalistes. Sa grande taille rend l'exhibition de sa chair particulièrement obscène.

Un sifflement fuse du dernier rang.

— Très en beauté, Adidas !

— Votre billet de retard, monsieur Addison ? lance M. Wise.

Peut-être est-ce l'influence de Leah, mais je ne puis m'empêcher de trouver injuste qu'Abby n'ait pas eu à en chercher un.

Martin étire ses bras le long du chambranle comme pour s'accrocher à une cage à poules, ce qui fait encore remonter le haut de son uniforme. Quelques filles gloussent, Martin esquisse un sourire en rougissant. Bon sang, ce mec ferait n'importe quoi pour provoquer un rire facile. Mais il est particulièrement doué dans ce domaine : jamais je n'ai vu un geek aussi apprécié des stars de l'école. Même s'il ne faut pas se leurrer : ils adorent le taquiner. Sans réelle méchanceté. Martin, c'est un peu leur mascotte.

— C'est pour aujourd'hui ou pour demain, monsieur Addison ? s'impatiente M. Wise.

Martin rabaisse son haut, remet ses nibards en place, et quitte la salle.

Le vendredi, le couloir de maths et de sciences est tapissé de paille. Il doit bien y en avoir sept centimètres sous mes pieds, et quelques brindilles pointent par les fentes de mon casier. La poussière qui semble s'élever du sol affecte jusqu'à la lumière ambiante.

Cette année a pour thème la musique, et de tous les genres possibles. Il a fallu que les premières choisissent la country. On est bien en Géorgie. Voilà pourquoi j'arbore bandana et chapeau de cow-boy. Je t'en donnerai, de l'esprit d'équipe.

Enfin. La fête du lycée est nulle et la musique country une insulte au bon goût, mais je raffole de la paille. Même si à cause d'elle, Anna et Taylor Metternich ainsi que tous les autres asthmatiques devront sécher les cours de maths et de sciences aujourd'hui. La paille transforme tout. Le couloir semble appartenir à un autre univers.

Et ce n'est que le début. La cafétéria voit défiler les costumes, tous plus tordants les uns que les autres. Enfin, les secondes ont choisi le genre emo ! C'est absolument parfait. La veille, j'ai tenté de convaincre Nora de porter une perruque noire et de l'eyeliner. Elle m'a regardé comme si je lui avais suggéré de se présenter toute nue.

— Deux cents élèves arriveront en hoodie noir demain, et j'en ferai partie.

Voilà qui résume bien Nora.

Je prends place à table entre Leah et Garrett, qui poursuivent leur discussion par-dessus ma tête.

— C'est qui, ce type ? demande Leah.

— Sérieux ? Tu n'as jamais entendu parler de Jason Aldean ? rétorque Garrett.

— Sérieux, non.

Garrett abat les deux mains sur la table. Je l'imite, lui arrachant un sourire un peu gêné.

— Eh, lance Nick en s'installant sur la chaise en face de la mienne avant de sortir son repas. J'ai une idée : on devrait aller voir le match ce soir.

— Tu te fous de moi, dit Leah.

Nick la dévisage.

— Mais, et le WaHo alors ?

Waffle House : notre refuge habituel, les soirs de matches de football américain.

— Et alors quoi ? demande Nick.

Leah incline la tête, ce qui rend ses yeux un peu effrayants. Le dessin de ses lèvres s'amincit jusqu'à former une ligne droite. Tout le monde se tait un moment.

Je devrais peut-être avoir honte de mon manque d'à-propos, mais je dois avouer que Leah, en cet instant précis, est le cadet de mes soucis.

— Ça me dit bien, de voir le match.

Car je suis à peu près sûr que Blue y sera. L'idée qu'on sera assis sur les mêmes gradins me plaît.

— Sérieux ? demande Leah, dont le regard pèse à présent sur moi, même si je m'efforce de regarder droit devant. Toi aussi, Brutus ?

— Descends de ton char, tente Nick.

— Toi, tu la fermes, l'interrompt Leah.

Garrett glousse nerveusement.

— J'ai manqué un épisode ?

Abby débarque enfin pour nous trouver empêtrés dans un étrange silence. Elle s'assied à côté de Nick.

— Tout va bien ?

— Dans le meilleur des mondes, répond Nick en lui jetant un regard, les joues un peu empourprées.

— Okay, dit-elle avec un sourire.

Ce n'est pas un chapeau de cow-boy qu'elle porte sur la tête. C'est une armada de chapeaux de cow-boy, empilés les uns sur les autres.

— Alors, on est chauds pour le match de ce soir ?

Leah se lève brusquement, repousse sa chaise, et sort sans un mot.

Le coup d'envoi est à 19 heures, mais la parade commence une heure plus tôt. Je me rends chez Nick après les cours et, ensemble, on retourne au lycée en voiture.

— Bon, Leah nous a mis sur sa liste noire, dis-je tandis que le véhicule s'engage sur la route menant à Creekwood.

Déjà, les voitures se garent en double file, ce qui veut dire que le parking est plein. Faut croire que beaucoup de gens aiment le football américain.

— Elle s'en remettra, répond Nick. C'est une place que je vois ?

— Non, une bouche d'incendie.

— Ah, merde. D'accord. C'est fou le monde qu'il y a !

Je ne crois pas que Nick soit déjà venu voir un match de football américain. Pour moi aussi, c'est une première. On met encore dix minutes avant de trouver un emplacement dans lequel Nick puisse se garer, parce qu'il a horreur de rester en double file, même si ça n'a pas l'air de gêner les autres. Au final, on se retrouve à devoir marcher un million de kilomètres sous la pluie pour rejoindre le bâtiment. L'occasion pour nos chapeaux de cow-boy de se rendre utiles.

C'est la toute première fois que je remarque les projecteurs du stade. Bien sûr, ils sont là depuis toujours, et j'ai déjà dû les voir en action auparavant. Mais jamais je n'avais pris conscience de leur puissance. Blue les adore. Je me demande s'il se trouve déjà là, quelque part dans cette masse de gens qui fourmillent autour du terrain. On paie quelques dollars en échange de tickets, puis c'est l'entrée. La fanfare joue un medley étonnamment génial de chansons de Beyoncé tout en faisant sa petite danse guindée sur l'estrade. Et franchement, en dépit de la pluie et de la nullité de la situation, je crois comprendre pourquoi Blue aime tout ça. Tout semble possible.

— Vous voilà enfin ! lance Abby en courant vers nous pour nous étreindre tous les deux avec vigueur. Je viens de vous envoyer des textos. Vous voulez rejoindre la parade ?

On se regarde, Nick et moi.

— Okay, dis-je.

Nick hausse les épaules.

On finit par suivre Abby jusqu'au parking des profs, où quelques membres du conseil des élèves se sont rassemblés autour du char des premières. Construit à partir d'une remorque plate surmontée d'un cadre à l'arrière, il est parfaitement en accord avec la thématique country : des balles de paille tapissent la surface de la remorque en formant une pile plus élevée à l'arrière, tandis que des bandanas rouges noués comme des fanions décorent le cadre. Le tout est illuminé de guirlandes de Noël. Des haut-parleurs raccordés à un iPod crachotent de la country pop nasillarde.

Abby est au cœur de l'action, évidemment. Avec quelques collègues pom-pom girls, elle grimpera sur le char, affublée d'une mini-jupe en jean et d'une chemise de flanelle nouée haut pour exhiber ses abdos. Il y a quelques mecs en salopettes, parmi lesquels un type qui fait semblant de jouer de la guitare, assis dans la paille. J'adresse un sourire à Nick, parce que rien ne l'énerve plus que le spectacle d'un péquenot faisant semblant de jouer de la gratte. Surtout quand ledit péquenot ne se donne même pas la peine de bouger la main gauche.

La fille du conseil des élèves, Maddie, nous met en rangs derrière le char, puis on nous passe des brins de paille à tenir entre les dents.

— Et je veux vous entendre chanter, déclare Maddie, sérieuse comme tout. On est jugés à l'enthousiasme.

— *Ahé hé heus*, dis-je à Nick, qui ricane.

Dur de parler avec un brin de paille coincé entre les dents.

Maddie cède à la panique.

— Oh, bon sang ! D'accord. On annule tout. On oublie la paille. Jetez-moi ces brindilles. Très bien. Donnez de la voix. Et n'oubliez pas de sourire !

Soudain, le char se met en branle pour faire le tour du parking avant de trouver sa place derrière une monstruosité bricolée par les secondes. On suit le mouvement, guidés par Maddie, qui lance les acclamations et pousse des « Wouhou ! » à l'improviste quand ça devient trop calme. Le défilé quitte l'enceinte de l'école et fait le tour du bloc avant de rejoindre la piste menant au terrain de football. Les projecteurs nous inondent de leur lumière, sous les acclamations. Je n'arrive pas à croire que Nick et moi soyons au cœur de tout ça. C'est tellement beauf — à l'opposé de tout ce que nous défendons, tous les deux.

Mais bizarrement, ça me plaît. J'ai l'impression de faire partie d'un tout. Et c'est plutôt agréable de pouvoir laisser le cynisme de côté, pour une fois.

À peine le défilé terminé, Abby et les autres pom-pom girls se précipitent aux toilettes pour enfiler leur uniforme, et la situation commence à nous échapper.

Nick et moi nous retrouvons sur la piste, à scruter les visages des spectateurs. Quand même, après deux années dans ce lycée, on devrait bien trouver une tête connue.

— L'équipe de foot est là-haut, déclare finalement Nick en désignant un rang élevé sur la gauche.

Je gravis les marches de béton à sa suite ; nous tentons de nous faufiler entre les spectateurs pour rejoindre nos camarades. Bon sang. Moi qui croyais en connaître un rayon sur la gêne. Puis vient le problème du placement en lui-même. Garrett se colle contre Bram pour nous faire de la place, mais même comme ça je suis plus ou moins assis sur les genoux de Nick, ce qui ne va pas du tout. Je me relève presque aussitôt, mortifié.

— Ça ne fait rien, dis-je. Je vais m'asseoir avec le club de théâtre.

Je remarque la chevelure blonde et ultralisse de Taylor quelques rangs plus bas. Elle est accompagnée d'Emily Goff et de quelques autres. Parmi lesquels Cal Price. Mon cœur s'emballe. Je savais qu'il serait là.

Je me faufile le long du rang et redescends avec l'impression que tous les regards sont braqués sur moi. Avant de passer la main sous la rambarde pour tapoter l'épaule de Cal.

— Quoi de neuf, Simon ? demande-t-il.

J'aime quand il m'appelle Simon. La plupart des mecs m'appellent Spier, et même si je n'ai rien contre... je ne sais pas. Honnêtement, Cal peut m'appeler comme il veut, ça me plaira toujours.

— Salut, dis-je. Je peux venir avec vous ?

— Absolument, dit-il en se poussant de quelques centimètres. Ce n'est pas la place qui manque.

C'est vrai. En tout cas, je n'aurai pas à m'asseoir sur ses genoux. Ce qui est un peu dommage, à vrai dire.

Je passe une minute entière à chercher quoi dire. J'ai le cerveau tout embrumé.

— Je crois bien que c'est la première fois que je te vois à un match, remarque Cal en repoussant ses mèches.

Et honnêtement, je perds tout contrôle. Parce que les mèches de Cal. Les yeux de Cal. Le fait qu'il s'intéresse suffisamment à moi pour remarquer que je ne vais jamais voir les matches.

— C'est la première fois, dis-je.

Parce qu'évidemment, il fallait que je m'affiche dans toute ma virginité.

— C'est cool.

Il est si calme. Il ne se tourne même pas vers moi, parce qu'il peut parler et regarder le match en même temps.

— J'aime venir quand je peux. J'essaie au moins de ne pas rater le premier match de la saison.

Je cherche le moyen de lui poser la question que je ne peux lui poser. Peut-être que si je parlais du parfum dans l'air, pour voir sa réaction... Mais si Cal est vraiment Blue, il saura tout de suite que je suis Jacques. Et je ne suis pas sûr d'être prêt pour ça.

Je suis tellement, terriblement, grotesquement curieux de savoir, pourtant.

— Salut.

Soudain, quelqu'un se glisse à côté de moi sur le banc. C'est Martin. Je me pousse, par réflexe, pour lui faire de la place.

— Adidas, grogne un type derrière nous en lui ébouriffant les cheveux.

Martin lui adresse un sourire. Avant de remettre ses cheveux en place, ou d'essayer du moins, et de se mordre les lèvres une minute.

— Quoi de neuf, Spier ?

— Rien, dis-je, le cœur lourd.

Il a l'air d'humeur à discuter. Moi qui espérais faire la conversation à Cal. Moi qui espérais humer ce parfum de possibilité.

— Alors, cette histoire, avec Abby.

— Oui ?

— Je l'ai invitée au bal, dit-il tout bas, et elle m'a rembarré.

— Okay, euh. Désolé. C'est nul.

— Tu savais qu'elle avait déjà un rencard ?

— Euh, ouais, il me semble que j'étais au courant. Désolé, dis-je une nouvelle fois.

Sans doute aurais-je dû lui en parler avant.

— Tu veux bien me prévenir la prochaine fois, que je me tape pas la honte ? demande-t-il.

Il semble si malheureux. Je ressens une étrange culpabilité. C'est lui qui me fait chanter, et pourtant je me sens coupable. Ça craint, quand même.

— Je crois pas qu'ils sortent vraiment ensemble, dis-je.

— Laisse tomber, dit-il.

Je le regarde. Je n'arrive pas à savoir s'il abandonne pour Abby, ou quoi. Et s'il abandonne, *quid* des e-mails ? Il a peut-être l'intention de me mettre la pression à vie. Franchement, je ne peux rien imaginer de pire.

CHAPITRE HUIT

À : bluegreen118@gmail.com
DE : hourtohour.notetonote@gmail.com
ENVOYÉ LE 11/11 À 23 H 45
OBJET : Re : Tout ce qui précède

Blue,

Alors, pour commencer : oui, parfaitement, les Oreo consti-tuent un groupe nutritionnel à eux seuls. Deuxièmement, c'est le seul groupe nutritionnel qui compte. Avec mes sœurs, on avait inventé l'Oreoland un soir, alors qu'on dormait chez notre tante, il y a quelques années. Un paradis où tout serait constitué d'Oreo, avec une rivière de milk-shake Oreo, qu'on descendrait assis sur des Oreo géants. Il n'y aurait qu'à se pencher pour se servir des milk-shakes. Un peu comme dans *Charlie et la cho-colaterie*... Qui sait ce qui nous a pris, ce soir-là. On devait être affamés. Ma tante est nulle en cuisine.

Quoi qu'il en soit, je te pardonne ton ignorance. Je sais bien que tu n'avais pas conscience de parler à un spécialiste.

Jacques

À : hourtohour.notetonote@gmail.com
DE : bluegreen118@gmail.com
ENVOYÉ LE 12/11 À 17 H 37
OBJET : Re : Tout ce qui précède

Jacques,

C'est vrai, je ne me doutais pas que je parlais à un si fin connaisseur des Oreo. L'Oreoland me semble un lieu absolument fabuleux. Dis-moi, grand sage, combien de portions d'Oreo sont nécessaires à un régime équilibré ?

J'ai comme l'impression que tu as la dent un tantinet sucrée.

Blue

À : bluegreen118@gmail.com
DE : hourtohour.notetonote@gmail.com
ENVOYÉ LE 13/11 À 19 H 55
OBJET : La dent sucrée ?

Je ne vois absolument pas ce qui te fait dire une chose pareille.

Bon, je te soupçonne vaguement de ne pas être à fond dans ton régime Oreo. Les directives sont pourtant simples. Tu n'as aucune excuse. Pour le petit déjeuner, évidemment, céréales Oreo O ou un Pop-Tart Oreo. Non, ce n'est pas dégueu. La ferme. C'est un régal. Pour le déjeuner, une pizza Oreo accompagnée d'un milk-shake Oreo et de quelques-unes de ces truffes Oreo dont ma mère a le secret (et qui sont ce qu'il a de plus délicieux dans tout l'univers). À dîner, Oreo frits servis sur de la glace Oreo, et comme boisson, des Oreo dissous dans du lait. Pas d'eau. Que du lait à l'Oreo. Pour le dessert, des Oreo, tout simplement. Ça te semble faisable ? C'est pour ta santé, Blue.

Crois-le si tu veux, mais le simple fait de taper ce menu me donne la dalle. Ça m'arrivait tout le temps quand j'étais plus jeune. Tu ne trouves pas ça drôle, cette obsession de la malbouffe qu'ont tous les gamins ? C'est l'alpha et l'oméga. Il faut bien se trouver une fixette avant de découvrir le sexe.

Le Grand Sage

À : hourtohour.notetonote@gmail.com
DE : bluegreen118@gmail.com
ENVOYÉ LE 14/11 À 22 H 57
OBJET : Re : La dent sucrée ?

Jacques,

J'apprécie vraiment le soin que tu prends de ma santé. Cela ne va pas être facile, mais je sais que mon corps m'en saura gré. Honnêtement, je ne peux contester la nature délicieuse des Oreo, et le menu que tu décris semble absolument fabuleux. Même si, pour ma part, je ferai une croix sur l'Oreo frit. J'ai fait l'erreur d'en manger un dans une fête foraine, juste avant de monter dans les tasses. Je te passe les détails, mais disons que les personnes enclines à la nausée n'ont rien à faire dans les tasses. Depuis, je ne vois plus les Oreo frits du même œil. Désolé, vraiment. Je sais combien tu tiens aux Oreo.

Je dois admettre que ça me plaît de t'imaginer, gamin, en plein fantasme de malbouffe. De même que ça me plaît de t'imaginer, maintenant, en plein fantasme sexuel. Je n'arrive pas à croire que je viens de taper ça. Je n'arrive pas à croire que je suis en train de cliquer sur « envoi ».

Blue

CHAPITRE NEUF

Ça lui plaît, de m'imaginer en plein fantasme sexuel.

Je n'aurais sans doute pas dû lire ça juste avant d'aller au lit. Me voilà, couché dans le noir complet, à relire cette phrase sur mon téléphone, encore et encore. Je suis tendu, parfaitement éveillé, noué de partout, tout ça à cause d'un mail. Et j'ai la trique. Ça me fait tout drôle.

C'est assez perturbant. Dans le bon sens. D'ordinaire, Blue fait très attention à ce qu'il écrit.

Ça lui plaît, de m'imaginer en plein fantasme sexuel !

Moi qui croyais être le seul à me monter le bourrichon...

Je me demande ce que ça ferait, de le rencontrer enfin, après tout ce temps. Aurait-on seulement besoin de parler ? Ou est-ce qu'on se roulerait des pelles direct ? Je vois ça d'ici... Il est dans ma chambre, on est seuls au monde. Il s'assied sur le lit, à côté de moi, et tourne vers moi ses yeux bleu-vert. Les yeux de Cal Price. Puis ses mains épousent mon visage et, d'un seul coup, il m'embrasse.

Je porte les mains à mon visage. Enfin, ma main gauche. La droite est occupée.

Je continue le film. Il m'embrasse, et ça n'a rien à voir avec Rachel, Anna ou Carys. C'est dingue. C'est une tout autre galaxie. Je ressens comme un fourmillement électrique qui irradie mon corps tout entier, mon cerveau est complètement grillé, il me semble entendre battre mon cœur.

Je ne dois surtout pas faire de bruit. De l'autre côté du mur, il y a Nora.

La langue de Cal glisse dans ma bouche. Ses mains remontent sous mon T-shirt, ses doigts effleurent mon torse. J'y suis presque. C'est à peine soutenable. *Bon sang*. Blue.

Mon corps se dissout complètement.

Le lundi suivant, Leah m'intercepte à l'entrée du lycée.

— Salut, dit-elle. Nora, je te le pique.

— Quoi de neuf ? je lui demande.

Une rampe de béton borde la cour, assez basse par endroits pour former une sorte d'étagère à fesses.

Leah évite mon regard.

— Je t'ai fait une compile, dit-elle en me tendant un CD dans un boîtier cristal. T'auras qu'à la mettre sur ton iPod chez toi ce soir. Peu importe.

Je retourne le boîtier. Au lieu d'inscrire la liste des morceaux, elle a composé une sorte de haïku :

Cou ridé, cheveux gris
Triste à dire, Simon
Mais bon sang ce que t'es vieux.

— Leah… C'est magnifique.
— Ouais, okay.
Elle recule sur la rampe et se penche en arrière pour me regarder.
— Bon. On est cool ?
J'acquiesce.
— Tu veux dire pour…
— Pour le lapin que vous m'avez posé lors de la fête.
— Je suis sincèrement désolé, Leah.
Elle esquisse un sourire.
— T'as bien de la chance que ça soit ton anniv.
Avant de sortir un chapeau en carton de son sac pour me l'attacher sur la tête.
— Pardon pour ma réaction exagérée, ajoute-t-elle.

Un gâteau monumental m'attend au déjeuner et, lorsque je rejoins notre table, tous arborent des chapeaux en carton. C'est la tradition. Pas de chapeau, pas de gâteau. Il semblerait que Garrett vise la double ration : sa tête est affublée d'une paire de cônes qui lui font des cornes.
— Siiiiiimon, lance Abby d'une voix théâtrale. Ferme les yeux et tends les mains.
Je sens un objet léger au creux de mes paumes. J'ouvre les yeux pour découvrir une feuille de papier repliée en nœud papillon et coloriée au crayon doré.

Sous les regards des autres élèves, je souris, les joues empourprées.

— Je dois le mettre ?

— Ben oui, répond-elle. Obligé. Anniversaire doré, nœud pap' doré.

— Anniv quoi ?

— Anniversaire doré. Dix-sept ans le dix-sept, explique Abby avant de hausser le menton d'un air impérieux, la main tendue. Nicholas, le scotch.

Dieu sait depuis combien de temps Nick gardait ces trois morceaux d'adhésif au bout des doigts. Je vous jure. Il est complètement esclave de cette meuf.

Abby me colle le nœud pap' avant de me tapoter les joues, une habitude étrange qu'elle a adoptée parce que mes joues sont, paraît-il, adorables. Qui sait ce qu'elle entend par là.

— Bon, c'est quand tu veux, dit Leah.

Armée d'un couteau en plastique et d'une pile d'assiettes, elle s'efforce de regarder tout le monde sauf Nick et Abby.

— Je veux !

Leah découpe le gâteau en petits morceaux parfaitement carrés, et franchement, c'est à croire que des ondes de délice magique ont envahi l'atmosphère. Je vous laisse deviner quelle table de geeks de la section renforcée gagne soudain en popularité.

— Pas de chapeau, pas de gâteau.

Morgan et Anna édictent le règlement à l'autre bout de la table. Quelques gamins scotchent des copies doubles en forme de cône tandis qu'un autre ajuste un sac de papier sur sa tête comme une toque de cuisinier. Devant un gâteau, plus question de fierté. Quel spectacle !

Le gâteau en lui-même est trop parfait pour ne pas avoir été choisi par Leah : moitié chocolat, moitié vanille, parce que je n'ai jamais pu me résoudre à trancher entre les deux, et recouvert de glaçage Publix au goût étrangement divin. Pas de glaçage rouge. Leah sait combien je trouve son goût excessivement rouge.

Leah est douée pour les anniversaires.

J'emporte les restes à la répétition, et Mme Albright nous autorise à goûter sur scène. Et quand je dis goûter, il faut vous imaginer les théâtreux penchés sur la boîte comme des vautours, se servant de pleines poignées de gâteau.

— Ohmondieu, je viens de prendre deux kilos et demi, déclare Amy Everett.

— Aww, glousse Taylor. Heureusement que j'ai un métabolisme élevé.

C'est Taylor tout crachée. Même moi, je sais qu'on encourt la peine de mort pour ce genre de fanfaronnades.

Et puisqu'on en est aux victimes collatérales du gâteau : Martin Addison gît, étalé sur la scène, la face dans la boîte vide.

Mme Albright l'enjambe.

— Allez, les enfants. Au boulot. Sortez les crayons. Je veux que vous notiez tout sur vos textes.

Ça ne me dérange pas, d'écrire. La scène qu'on est en train de mettre en place se situe dans un saloon, si bien que mes notes consistent à me rappeler de jouer l'ivrogne. Dommage que nos examens ne portent pas sur ces notes-là. Les résultats de certains s'en trouveraient améliorés.

Filage sans pause aujourd'hui, mais comme je ne suis pas de toutes les scènes, cela me laisse le temps de décompresser. Le côté de la scène est occupé par des estrades laissées là après le dernier concert de la chorale. Je m'assieds devant, les coudes sur les genoux. Parfois, j'oublie à quel point c'est agréable de jouer les spectateurs.

Debout à l'avant-scène gauche, Martin raconte une histoire à Abby avec force gestes saccadés. Elle rit en secouant la tête. Peut-être qu'il n'a pas lâché le morceau, finalement.

Soudain, Cal Price se dresse devant moi et me pousse le pied de la pointe de sa tennis.

— Hey, dit-il. Joyeux anniversaire.

Pour être joyeux, il l'est.

Cal s'assied sur une estrade, à une trentaine de centimètres de moi.

— Tu fais quelque chose de spécial pour fêter ça ?

Oh.

Okay. Je n'ai pas envie de mentir. Mais je ne tiens pas à lui révéler que mes plans se résument à une sortie en famille et une séance de lecture de messages sur Facebook. On est lundi, après tout. Personne ne s'attend à ce que je passe un lundi de fou.

— Un peu, oui, dis-je finalement. Je crois qu'il y aura un gâteau glacé à la maison. Parfum Oreo.

Pas pu m'en empêcher.

— Cool, dit-il. J'espère que tu as encore de la place pour le dessert.

Pas de réaction notable à la mention des Oreo. Ce qui ne veut rien dire, j'imagine.

— Bon, dit-il.

Je prie pour qu'il ne se lève pas. Il se lève.

— Profite bien.

Avant de poser la main sur mon épaule, l'espace d'une fraction de seconde. J'ai peine à le croire.

Non, vraiment, je suis sérieux. Il n'y a pas mieux que les anniversaires.

CHAPITRE DIX

À : bluegreen118@gmail.com

DE : hourtohour.notetonote@gmail.com

ENVOYÉ LE 18/11 À 04 H 15

OBJET : Pourquoi pourquoi pourquoi ?

Oh bon sang, Blue, je suis tellement crevé que j'en ai mal à la figure. Cela t'est-il déjà arrivé de passer la nuit à cogiter, alors même que ton corps pèse un quintal d'épuisement ? Je vais me contenter de t'envoyer ce mail en espérant que ça ne te dérange pas, et je sais que le contenu en sera totalement incohérent alors ne me juge pas, d'accord ? Même si je fais des fautes de grammaire. Tu écris comme un dieu, Blue, et d'habitude je relis tout trois fois afin de ne pas te décevoir. Alors pardonne-moi d'avance pour les erreurs d'accord, de terminaison et de tout le reste.

Ma journée a été assez géniale, à vrai dire. J'essaie de ne pas trop penser à l'état dans lequel je serai demain… un vrai zombie. Car, évidemment, cinq contrôles m'attendent les deux prochains jours, y compris un dans une *andere Sprache* dans laquelle je suis complètement *scheisse*. Putain de bordel de bite.

Dis-moi, il n'y avait pas une émission de télé-réalité dans laquelle des gens participaient à des blind-dates dans le noir complet ? On devrait faire ça. Se trouver une pièce, quelque part, plongée dans l'obscurité, où on pourrait passer du temps ensemble dans le plus parfait anonymat. Comme ça, aucun risque de gâcher notre relation. Qu'en dis-tu ?

Jacques

À : hourtohour.notetonote@gmail.com
DE : bluegreen118@gmail.com
ENVOYÉ LE 18/11 À 07 H 15
OBJET : Re : Pourquoi pourquoi pourquoi ?

Cher Zombie,

Je ne sais trop quoi dire. D'un côté, je suis désolé d'apprendre que tu as toutes les chances de passer une journée merdique aujourd'hui, et espère que tu auras au moins réussi à fermer l'œil une heure ou deux. De l'autre, la fatigue te rend plutôt craquant. Oh, et à ce propos, tu étais parfaitement cohérent et grammaticalement au point, même à 4 heures du matin.

Bon courage pour tes contrôles, fais de ton mieux. *Viel Glück*, Jacques. Je t'envoie plein de bonnes ondes.

Je n'ai jamais entendu parler d'une telle émission. Je dois dire que je ne m'y connais pas trop en télé-réalité. Intéressant comme concept, mais comment assurer notre anonymat vocal ?

Blue

À : bluegreen119@gmail.com
DE : hourtohour.notetonote@gmail.com
ENVOYÉ LE 18/11 À 19 H 32
OBJET : Re : Pourquoi pourquoi pourquoi ?

Bon, je suis un peu nerveux à l'idée de relire ce que je t'ai envoyé la nuit dernière. Ravi de savoir que j'étais craquant et grammaticalement au point. Toi aussi, je te trouve craquant et grammaticalement au point. Enfin, je ne sais même plus ce que j'essayais de te dire à ce moment-là. Trop de sucre hier, je suppose. Pardon pardon pardon.

Bref. Mon cerveau est toujours au point mort. J'aime mieux ne pas connaître mes résultats aux contrôles.

Alors comme ça, tu ne t'y connais pas en télé-réalité ? Comment, tes parents ne t'obligent pas à en regarder ? Parce que les miens, si. Tu crois que je me paie ta tête, je parie. Bien vu, le coup des voix. Il nous faudrait utiliser un de ces mégaphones robotiques pour déformer le timbre comme Dark Vador. À vrai dire, on ne serait pas obligés de parler, il y a tout un tas d'autres choses qu'on pourrait faire. Je dis ça comme ça.

Jacques le Zombie

CHAPITRE ONZE

C'est le lendemain de Thanksgiving, Alice est rentrée, et on est tous assis sur le porche après le dîner. Il fait assez doux pour manger des restes de gâteau glacé et jouer aux Scattergories en hoodie et pantalon de pyjama.

— Bon. Duos et trios célèbres ?

— Abbott et Costello, propose ma mère.

Nora et moi lançons « Adam et Eve » à l'unisson. Ce qui est un peu surprenant, étant donné que nous sommes sans doute la seule famille du Sud à ne pas posséder de bible.

— L'Axe Rome-Berlin-Tokyo, dit mon père, clairement fier de lui.

— Alice et les Chipmunks, glisse Alice d'un air blasé, ce qui suffit à nous faire perdre notre sérieux.

C'est difficile à expliquer. Les Chipmunks, c'est un peu notre spécialité. Qu'il s'agisse des voix ou de la chorégraphie du générique, on maîtrise le tout à la perfection, et on avait l'habitude de se donner en spectacle devant la cheminée. Ça a duré une année entière. Quelle chance pour nos parents ! Même s'ils l'ont bien cherché. Fallait pas nous appeler Alice, Simon et Eleanor.

Du pied, Alice caresse le dos de Bieber. Elle a des chaussettes dépareillées. J'ai peine à croire que c'est sa première visite en trois mois. Jusque-là, je ne m'étais pas rendu compte à quel point c'était bizarre, sans elle.

Nora doit se faire la même réflexion.

— Je n'arrive pas à croire que tu repars dans deux jours, dit-elle.

Alice retrousse les lèvres un instant, mais elle ne dit rien. L'air fraîchit soudain. Je glisse les mains dans les manches de mon hoodie.

— Bon, dit-elle finalement en repliant les jambes sur sa chaise. Je ne sais pas si vous avez encore faim, mais je dois avoir une boîte de cookies aux trois quarts pleine dans mon sac. Je dis ça, je dis rien.

Excellente nouvelle.

Les parents montent se coucher tandis que mes sœurs et moi rapportons les biscuits sur le canapé du salon. Bieber gît, inconscient, à moitié étendu sur les genoux d'Alice.

— Un Nick Eisner, ça tente quelqu'un ? demande Nora.

— Tu rigoles ? Bien sûr ! Va chercher le beurre de cacahuète, ordonne Alice d'une voix impérieuse.

Un Nick Eisner, c'est un cookie surmonté d'une cuillerée de beurre de cacahuète, parce qu'à cinq ans, c'était ce que Nick s'imaginait chaque fois qu'il entendait parler de cookies au beurre de cacahuète. Il faut se rendre à l'évidence : c'est délicieux. Mais dans ma famille, ce genre de gaffe vous poursuit jusqu'à la fin de vos jours.

— Au fait, comment va le petit Nick Eisner ?

— Toujours le même. Collé à sa guitare.

Et il serait effondré d'entendre Alice le qualifier de « petit ». Nick en pince pour Alice depuis le collège.

— J'allais te poser la question ! Trop chou.

— Je lui dirai.

— Surtout pas !

Alice renverse la tête contre le dossier du canapé et se frotte les yeux derrière ses lunettes.

— Désolée, dit-elle en bâillant. J'ai pris l'avion tôt. Et j'ai du sommeil à rattraper.

— Partiels ? demande Nora.

— Eh oui.

À l'évidence, ce n'est pas tout, mais elle n'en dit pas plus.

Bieber bâille bruyamment et roule sur le côté, les oreilles retournées. Avant de remuer les lèvres. Trop bizarre, ce chien.

— Nick Eisner… murmure Alice avec un sourire. Vous vous rappelez sa Bar Mitzvah ?

— Oh, bon sang, dis-je.

C'est le moment ou jamais de me cacher derrière un coussin.

— Boom boom boom, gotta get get.

— Oh, ça va.

Nick avait fait l'erreur d'inviter ma famille au complet. Et moi, de m'essayer à la breakdance sur Boom Boom

Pow devant ladite famille. Quand on est en cinquième, les bonnes idées, on ne connaît pas.

— Allons, dit Alice en étirant un bras par-dessus Bieber pour m'agripper le pied. Tu sais que je t'adore, Bub.

Elle m'appelle Bub, et Nora Boop. Privilège exclusif d'Alice.

— Lâche-moi.

La vie atteint un nouveau niveau de perfection quand elle est parmi nous.

Puis Alice repart, et la vie scolaire reprend son cours minable. Lorsque j'arrive en classe de littérature, M. Wise arbore un sourire machiavélique. Seule explication plausible : il a fini de noter nos DST sur Thoreau.

Mon intuition est juste. Il commence à distribuer les copies, dont la plupart sont maculées d'encre rouge. Leah regarde à peine la sienne avant de la plier et d'en déchirer le bas pour faire une grue en origami. Elle a l'air exceptionnellement agacée aujourd'hui. Je suis prêt à parier que c'est parce que Abby, arrivée en retard, s'est glissée entre elle et Nick sur le canapé.

M. Wise feuillette la pile et se lèche l'index avant d'attraper ma copie. Pardon, mais certains profs sont sérieusement dégueus. Je suis sûr qu'il se colle ledit index sur les globes oculaires, aussi. Je vois ça d'ici.

La note maximale entourée d'un cercle tout en haut de ma copie m'épate un peu. Non que je sois mauvais en classe, et puis, j'ai vraiment aimé *Walden*. Mais j'avais dû dormir deux heures maximum avant ce contrôle. C'est juste pas possible.

Oh, minute. Évidemment que c'est juste pas possible : ce n'est pas ma copie. Bravo, monsieur Wise, on connaît ses élèves, à ce que je vois.

— Dis…

Je me penche par-dessus mon bureau pour tapoter l'épaule de Bram. Il pivote sur sa chaise pour me faire face.

— Je crois que c'est à toi.

— Oh, merci, dit-il en prenant la copie de ses longs doigts noueux.

Il a de belles mains. Il regarde sa copie avant de lever les yeux vers moi en rougissant un peu. Il est gêné que j'aie vu sa note, je le sens bien.

— T'inquiète. Enfin, je garderais bien la note, si je pouvais.

Il esquisse un sourire discret et se retourne vers son bureau.

Intéressant, ce Bram. Si seulement il était plus loquace.

En entrant dans la salle de répétition cet après-midi-là, je trouve Abby assise au premier rang, les paupières closes et les lèvres en mouvement, son texte ouvert sur les genoux. Elle masque certaines répliques de la main.

— Salut, dis-je.

Elle ouvre les yeux.

— T'es là depuis longtemps ?

— J'arrive tout juste. Tu travailles ton texte ?

— Eh oui.

Elle retourne les feuillets sur sa cuisse. Son ton un peu sec a quelque chose d'étrange.

— Tout va bien ?

— Ça va, dit-elle en hochant la tête, avant d'admettre : Je suis un peu stressée.

Elle me fixe.

— Tu savais qu'on devait connaître notre texte par cœur avant la reprise des cours ?

— Après les vacances de Noël, tu veux dire.

— Exactement.

— Ça nous laisse plus d'un mois. Tu n'as pas à t'en faire.

— Facile à dire pour toi, rétorque-t-elle. Ton rôle est presque muet.

Aussitôt, elle me regarde, bouche bée et sourcils haussés. Je ne peux m'empêcher de rire.

— Mais quelle garce je fais ! Je n'y crois pas !

— Une belle garce, oui, renchéris-je. Qui cache bien son jeu, en plus.

— Pardon ? De quoi tu l'as traitée ? demande Martin.

Je vous jure, ce mec surgit quand on s'y attend le moins pour s'immiscer dans la moindre conversation.

— C'est bon, Marty, on rigole, dit Abby.

— Ouais, sauf qu'il t'a traitée de garce. Je ne peux pas laisser passer ça.

Non mais je rêve ? Il se pointe à l'improviste, se méprend sur une plaisanterie, et se retourne contre moi pour me faire la leçon et corriger ma façon de parler ? Génial, Martin. Vas-y, fous-moi à terre pour te donner le beau rôle devant Abby. L'idée même que Martin Addison monte sur ses grands chevaux et me fasse la morale alors qu'il est en plein chantage... C'est le pompon.

— Martin, je t'assure. On plaisantait. Même moi, je me traite de garce !

Elle rit, l'air gêné. Je fixe mes pompes.

— Si tu le dis.

Le visage tout rose, Martin triture la peau de son coude. S'il tient tant que ça à impressionner Abby, il ferait peut-être mieux de se calmer un peu. Et d'arrêter de tirer sur la peau de son fichu coude. Parce que c'est complètement dégueu. Est-ce qu'il s'en rend compte, au moins ?

Le pire dans tout ça, c'est que je sais qu'Alice me tuerait si elle m'entendait traiter Abby de garce. Peu importe que ça soit pour rire.

Et il faut bien dire qu'Alice a raison, en général, pour ce genre de choses.

— Désolé de t'avoir insultée, Abby, dis-je en m'éloignant d'un pas vif, le visage en feu.

Je jette un œil par-dessus mon épaule. Abby me regarde d'un air perplexe. Un énorme rideau de velours noir est tendu au fond de la scène. Je donnerais tout pour disparaître dedans.

Assise à côté de Taylor sur une des estrades, Mme Albright lui fait remarquer un point du texte. À l'avant-scène, la fille qui joue Nancy transporte le garçon qui joue Bill Sykes sur son dos. Et, dans les coulisses côté jardin, une seconde nommée Laura pleure dans sa manche, assise sur une pile de chaises, tandis que quelqu'un, Mila Odom, je crois, la console.

— Rien n'est prouvé, dit Mila. Allons, regarde-moi. Regarde-moi dans les yeux.

Laura s'exécute.

— C'est qu'un foutu Tumblr, okay ? Des bobards, la plupart du temps.

Laura renifle et répond d'une voix brisée :

— Mais… il y a… toujours… un fond… de vérité… dans… chaque…

— C'est des conneries, et tu le sais, décrète Mila. Tu n'as qu'à lui en parler.

Remarquant ma présence, elle me lance un regard noir.

Il faut que je vous explique un truc : Simon signifie « celui qui entend », et Spier, « celui qui observe ». Autrement dit, j'étais né pour me mêler des affaires des autres.

Cal et deux filles de terminale sont assis par terre devant les loges, contre le mur, les jambes étendues. Il lève la tête, me sourit. Un joli sourire, décontracté. Il est du genre photogénique, ça se voit. J'ai beau me sentir encore un peu mortifié après cette conversation avec Abby et Martin, mon moral commence à s'arranger tout doucement.

— Salut, dis-je.

Sasha et Brianna, qui comme moi jouent les petits voleurs de Fagin, m'adressent un semblant de sourire. C'est drôle. Je suis littéralement le seul des gamins de Fagin à être joué par un garçon. Sans doute parce que les filles sont plus petites, ou ont l'air plus jeune, quelque chose dans ce goût-là. Aucune idée. Mais ce n'est pas désagréable, car ça fait de moi le plus grand des gamins dans nos scènes. Ce qui, pour être honnête, ne m'arrive pas si souvent.

— Quoi de neuf, Simon ? demande Brianna.

— Oh, tu sais. Rien. Eh, on était pas censés faire des trucs ensemble ?

Je rougis aussitôt. Ma formulation pourrait prêter à confusion. Eh, Cal, on était pas censés se rouler des pelles ? On était pas censés baiser comme des lapins dans les loges ?

Je dois être parano. Cal n'a pas l'air de relever le moindre sous-entendu.

— Nan, je crois que Mme Albright règle encore quelques détails avant de nous donner ses consignes.

— Ça me va.

C'est alors que je remarque leurs jambes. Celle de Sasha chevauche très légèrement celle de Cal, au niveau de la cheville. Qui sait ce que ça peut vouloir dire.

Je commence à en avoir ma claque, de cette journée de merde.

Évidemment, c'est sous des torrents de pluie que Mme Albright nous relâche. Je sens une énorme flaque en forme d'empreinte de fesses se former sur le siège de ma voiture, et c'est à peine si je réussis à sécher mes lunettes, tellement mes vêtements sont trempés. À mi-chemin de la maison, je pense enfin à allumer mes phares. Une chance que je n'aie pas été arrêté.

Je m'apprête à tourner à droite pour rejoindre ma rue quand j'aperçois la voiture de Leah, qui attend pour prendre à gauche. Je lui fais signe. Peine perdue, avec ce déluge. Les essuie-glaces esquissent leur va-et-vient. Je sens mon cœur se serrer. Cela ne devrait pas m'affecter, que Nick et Leah passent du temps sans moi. Mais ça me donne l'impression d'être mis à l'écart.

Pas tout le temps. Parfois, seulement.

Enfin bref. Je me sens hors-sujet. Je déteste ça.

CHAPITRE DOUZE

À : hourtohour.notetonote@gmail.com

DE : bluegreen118@gmail.com

ENVOYÉ LE 02/12 À 17 H 02

OBJET : Je devrais…

… être en train de rédiger une disserte. Mais je préfère t'écrire, à toi. Je suis dans ma chambre, mon bureau collé à une fenêtre. Il fait si beau dehors, la température doit être très douce. J'ai l'impression de rêver.

Mon cher Jacques, je dois t'avouer que ton adresse mail m'intrigue depuis un petit moment. J'ai fini par consulter Google le Tout-Puissant, lequel m'a révélé qu'il s'agissait d'une citation tirée d'un morceau d'Elliott Smith. J'ai beaucoup entendu parler de lui, mais jamais écouté sa musique, aussi ai-je téléchargé *Waltz #2*. J'espère que ça ne te dérange pas. Ça me plaît beaucoup. J'étais surpris de constater qu'il s'agissait d'une chanson triste ; je ne m'y serais pas attendu, venant de toi. Mais après plusieurs écoutes, le plus drôle, c'est qu'au final, elle me fait vraiment penser à toi. Il ne s'agit pas des paroles, ni de l'atmosphère de la chanson. C'est quelque chose de moins tangible. Je t'imagine presque, étendu sur le tapis, en train de l'écouter en mangeant des Oreo, peut-être même d'écrire dans un journal.

Je dois également t'avouer que j'ai examiné avec une grande attention les T-shirts des autres au lycée, à l'affût d'un Elliott Smith. Tiré par les cheveux, je sais. Et très injuste, j'en ai aussi conscience, parce que je ne devrais pas essayer de découvrir ton identité alors même que je ne t'ai donné aucun indice concret quant à la mienne.

Allez, je te jette un os : mon père rentre de Savannah ce week-end, et ensemble, on va fêter Hanukkah à l'hôtel, suivant la tradition. Rien que lui et moi. Sans sauter la moindre étape gênante, j'en suis sûr. On va s'abstenir d'allumer la menorah (parce qu'il ne faudrait pas affoler les détecteurs de fumée). Puis je lui donnerai un cadeau minable, genre café Aurora accompagné d'une liasse de dissertations (il est prof, alors ça lui fait toujours plaisir). Puis il me fera ouvrir huit cadeaux à la suite, histoire de bien me rappeler que je ne le reverrai pas avant le Nouvel An.

Le plus fou dans tout ça ? Je songe à en rajouter une couche, niveau gêne, en profitant de l'occasion pour faire mon coming out. Peut-être devrais-je même y mettre des majuscules : Faire Mon Coming Out. Est-ce que je deviens cinglé ?

Blue

À : bluegreen118@gmail.com
DE : hourtohour.notetonote@gmail.com
ENVOYÉ LE 02/12 À 21 H 13
OBJET : Re : Je devrais...

Blue,

Okay, pour commencer, comment ne me suis-je jamais douté que tu étais juif ? Je suppose que c'est ta façon à toi de me donner un indice, je me trompe ? Devrais-je scruter les couloirs à la recherche d'une yarmoulke ? Oui, j'ai vérifié l'orthographe sur Internet. Et ton peuple est extraordinairement créatif, phonétiquement parlant. Quoi qu'il en soit, j'espère que tu passeras un bon Hanukkah à l'hôtel – au passage, le café Aurora n'a rien de minable. Je crois même que je vais te voler ton idée, tiens, parce que les pères adorent le café. Le mien, en particulier, pour le côté branché. Mon père se plaît à croire qu'il est un hipster. Je sais, c'est tordant.

Maintenant, Blue, passons aux choses sérieuses, c'est-à-dire Ton Coming Out. Waouh. Tu n'es pas cinglé. Je dirais plutôt que tu m'épates. As-tu peur de sa réaction ? Est-ce que tu vas en parler à ta mère aussi ?

Et je dois dire que je suis impressionné que tu aies remonté Google jusqu'à Elliott Smith, qui était peut-être le plus grand auteur-compositeur depuis Lennon et McCartney. Et tout ce que tu as dit au sujet de la chanson et de moi, c'est tellement flatteur et merveilleux que je ne sais pas quoi répondre. Tu me laisses sans voix, Blue.

Je dirai juste ceci : dans le mille pour les Oreo et le tapis, mais à côté de la plaque concernant le journal. Ces mails que je t'envoie, c'est sans doute ce qui s'en rapprocherait le plus.

Maintenant, tu devrais télécharger *Oh Well, Okay* et *Between the Bars*. Enfin, ce n'est que mon avis.

Sinon, ça me peine de devoir te le dire, mais tu perds ton temps à me chercher parmi les T-shirts de groupes. Je n'en porte pour ainsi dire jamais, même si j'aimerais bien, quelque part.

Je crois que, pour moi, écouter de la musique est une activité éminemment solitaire. Mais c'est peut-être ce que disent les gens trop nuls pour aller voir des concerts. En tout cas, j'ai toujours mon iPod vissé sur les oreilles, mais je n'ai jamais vu aucun groupe en live, et du coup j'ai l'impression que porter le T-shirt d'un groupe sans avoir assisté à ses concerts, ce serait de la triche. Est-ce que c'est bizarre ? Pour une raison qui m'échappe, la seule idée de commander un T-shirt à l'effigie d'un groupe sur Internet me met mal à l'aise. Comme si je craignais de perdre l'estime de l'artiste. Je ne sais pas.

Enfin bref, tout bien considéré, je suis d'accord pour dire que nos échanges sont autrement plus satisfaisants que les dissertes. Tu as le chic pour me déconcentrer.

Jacques

À : hourtohour.notetonote@gmail.com
DE : bluegreen118@gmail.com
ENVOYÉ LE 03/12 À 17 H 20
OBJET : Re : Je devrais...

Jacques,

Concernant le fait que je suis juif, je sais que je n'en ai jamais parlé. Je ne suis même pas vraiment juif, techniquement, puisque le judaïsme se transmet de façon matrilinéaire, or ma mère est épiscopalienne. Pour le reste, je n'ai pas encore décidé si j'allais m'y tenir. Je ne me pensais pas encore prêt à le faire dans un futur proche. Je ne sais pas pourquoi mais, ces derniers temps, je ressens le besoin de vider mon sac. D'en finir une bonne fois pour toutes, peut-être. Et toi ? Tu y as déjà réfléchi, à Faire Ton Coming Out ?

Quand on ajoute la religion, l'équation n'en devient que plus complexe. Techniquement, les juifs et les épiscopaliens sont censés être gay-friendly, mais c'est difficile de savoir si cela s'applique à ses propres parents. Par exemple, on entend parler de jeunes gays issus de familles catholiques très pratiquantes, et dont les parents finissent par rejoindre les associations de soutien aux jeunes homos et par participer à la Gay Pride, etc. Et, à côté de ça, il y a des parents qui n'ont absolument rien contre l'homosexualité, mais qui ne supportent pas que leur enfant fasse son coming out. On ne peut jamais vraiment savoir.

Je crois qu'au lieu de télécharger les chansons d'Elliott Smith dont tu m'as parlé, je vais laisser entendre à mon père que ça me ferait plaisir de recevoir un ou deux de ses albums pour Hanukkah. Je te parie tout ce que tu veux qu'il a choisi environ six de mes cadeaux, et qu'il prie (en hébreu, bien entendu) pour qu'on lui suggère quoi m'acheter d'autre.

Par ailleurs, je sais qu'on ne peut pas s'échanger de cadeaux pour de vrai, toi et moi, mais sache que si je le pouvais, je te commanderais toutes sortes de T-shirts rock. Même si cela devait provoquer le mépris des artistes à travers le monde (parce que c'est clairement ainsi que marche l'univers, Jacques). On pourrait aussi aller voir un concert ensemble. Enfin, je n'y connais rien en musique, mais je suppose qu'avec toi, ça serait sympa. Un jour, peut-être.

Heureux de savoir que je te déconcentre. Le contraire serait injuste.

Blue

CHAPITRE TREIZE

Jeudi, cours d'histoire, apparemment Mme Dillinger vient de me poser une question, car tout le monde me regarde comme si je lui devais quelque chose. Si bien que je tente une retraite verbale en rougissant, mais à en juger par le froncement professoral qui lui tord les sourcils, je ne m'en sors pas très bien.

Quand même, quand on y réfléchit, c'est un peu dégueulasse que les profs se croient permis de nous dicter quoi penser. Ça ne leur suffit pas qu'on reste assis en silence et qu'on les laisse nous faire la leçon. Ils se croient autorisés à contrôler nos esprits.

Je n'ai pas envie de penser à la guerre anglo-américaine de 1812. Je n'ai pas envie de savoir ce qui pouvait bien impressionner une meute de marins à la con.

Tout ce que je veux, c'est penser à Blue. Cela commence à virer à l'obsession. D'un côté, il prend grand soin de ne jamais me donner de détails à son sujet... avant de retourner sa veste en me racontant tout un tas de trucs personnels, du genre que je pourrais utiliser sans problème pour découvrir son identité si j'en avais envie. Ce qui est le cas. Sans vraiment l'être. Tout ceci est très perturbant. Blue me perturbe.

— Simon ! m'interpelle Abby en tapotant frénétiquement mon épaule. Tu me prêtes un stylo ?

Je m'exécute. Elle me remercie à voix basse. Un regard alentour m'informe que tout le monde est en train d'écrire. Mme Dillinger a inscrit une URL sur le tableau. Je ne sais pas à quoi cela servira, mais je suppose que je n'aurai qu'à m'y rendre pour le savoir. Je recopie l'adresse dans la marge de mes notes avant de l'entourer de zigzags comme une onomatopée dans un comic.

Je bugge un peu sur le côté religieux des parents de Blue. Je me sens vraiment bête, honnêtement, parce que je suis sans doute le plus grand blasphémateur de la planète, et que je n'ai même pas pensé qu'une petite remarque stupide pourrait le froisser. Enfin, il n'est peut-être pas aussi croyant que ses parents. Après tout, il n'a pas cessé de m'écrire. C'est déjà ça.

Mme Dillinger nous accorde une pause, mais pas assez longue pour qu'on puisse se balader, alors je reste assis, les yeux dans le vide. Abby vient s'agenouiller à côté de moi, le menton posé sur mon bureau.

— Coucou. Où es-tu aujourd'hui ?

— Qu'est-ce que tu veux dire ?

— Tu as l'air à des années-lumière d'ici.

Du coin de l'œil, j'aperçois Martin qui escalade une chaise pour nous rejoindre. Une fois de plus. Je rêve.

— Quoi de neuf ?

— Haha, fait Abby. Trop drôle, ton T-shirt.

Martin porte le slogan *Suck my geek*.

— Vous allez en répète aujourd'hui ?

— Pourquoi, c'est facultatif, maintenant ?

Je ponctue ma question d'un regard sur le côté, les paupières plissées ; c'est un truc que j'ai volé à Leah. Plus subtil que de lever les yeux au ciel. Bien plus efficace aussi.

Martin me regarde.

— Oui, on y va, répond Abby au bout d'un moment.

— Okay. Spier, ajoute soudain Martin, je voulais te dire un truc.

Ses joues s'enflamment, et une tache écarlate se déploie à la base de son cou.

— J'ai bien réfléchi… J'aimerais vraiment te présenter mon frère. Je pense que vous avez beaucoup de choses en commun, tous les deux.

Mon sang ne fait qu'un tour ; un picotement affreusement familier se fait sentir derrière mes yeux. C'est une menace.

— Trop mignon, dit Abby en nous regardant tour à tour.

— Adorable, pour sûr, dis-je.

Je foudroie Martin du regard, mais le lâche se détourne vite fait, l'air malheureux. Franchement ? Ce connard mérite tout le malheur du monde.

— Enfin bref, dit-il en remuant les pieds, les yeux toujours rivés quelque part au-dessus de mon épaule. Je vais juste…

Je vais juste déblatérer au sujet de ton orientation sexuelle comme si c'était mes oignons, Simon. Je vais juste tout raconter à l'école entière, ici et maintenant, parce que je suis un sale con et que c'est comme ça que ça se passe.

— Eh, attends, dis-je. Je viens de penser à un truc, comme ça. Ça vous dit d'aller au Waffle House demain, après les cours ? Je pourrais vous faire répéter votre texte.

Je me déteste. Je me déteste.

— Enfin, si vous ne pouvez pas…

— Oh, c'est vrai, Simon ? Sérieux ? Ce serait génial. Demain après les cours ? Je devrais pouvoir prendre la voiture de ma mère, déclare Abby en me tapotant la joue avec un sourire.

— Oui, merci Simon, s'empresse de glisser Martin. Ça serait super.

— Excellent, dis-je.

C'est officiel : je me soumets au chantage de Martin Addison. Je ne saurais même pas dire ce que je ressens. Du dégoût… du soulagement ?

— T'es vraiment formidable, Simon, dit Abby.

Oh que non. Du tout.

Et nous voilà donc le vendredi soir, j'en suis à ma deuxième assiette de galettes de pommes de terre, et Martin n'en finit pas de poser des questions à Abby. Sa façon de flirter, j'imagine.

— Et les gaufres, tu aimes ?

— J'aime bien, oui, répond-elle. C'est pour ça que j'en ai commandé.

— Oh, dit-il avec force hochements de tête inutiles.

Un vrai Muppet.

Ils sont assis côte à côte, moi en face. On a réussi à investir le box du fond, près des toilettes, où personne ne vient vous embêter. C'est plutôt calme pour un vendredi soir. Il y a un couple d'âge moyen à l'air maussade dans le box derrière le nôtre, deux hipsters au comptoir, et quelques jeunes filles en uniforme d'école privée qui mangent des toasts.

— Tu viens pas de D.C. ?

— Si.

— Cool. Quel coin ?

— Takoma Park, dit-elle. Tu connais D.C. ?

— Pas vraiment, non. Mais mon frère est en deuxième année à Georgetown, explique-t-il.

Martin et son foutu frangin.

— Tout va bien, Simon ? demande Abby. Bois un peu d'eau !

Je n'arrête pas de tousser. Et voilà que Martin m'offre son verre. Il le pousse vers moi. Qu'il aille se faire foutre. Sérieux. Genre, il est tout calme et posé.

Il se tourne vers Abby.

— Alors, tu vis avec ta mère ?

Elle acquiesce.

— Et ton père ? demande-t-il.

— Toujours dans le district de Columbia.

— Oh, désolé de l'apprendre.

— Pas la peine, ricane Abby. Si mon père vivait à Atlanta, je ne serais pas en train de traîner avec vous deux en ce moment.

— Oh, il est du genre strict ? demande Martin.

— Ouaip.

Elle me lance un regard.

— Alors, on le commence, ce deuxième acte ?

Martin s'étire en bâillant dans une drôle de manœuvre tactique. Je l'observe tandis qu'il essaie de placer son bras près de celui d'Abby sur la table. Elle retire immédiatement le sien pour se gratter l'épaule.

Honnêtement, c'est assez horrible à voir. Horrible et fascinant.

On file la scène. En parlant de désastre... Mon rôle est muet, alors je suis mal placé pour juger. Et je sais qu'ils se donnent du mal. Mais on est obligés de s'arrêter à chaque réplique. Ça en devient ridicule.

— Il a été emmené... dit Abby en couvrant son texte de la main.

Je hoche la tête.

— Emmené dans... ?

Elle ferme les yeux.

— Dans une... voiture ?

— C'est ça.

Elle ouvre les yeux. Ses lèvres bougent en silence. *Voiture. Voiture. Voiture.*

Les yeux dans le vide, Martin s'enfonce le poing dans la joue. Il a des articulations proéminentes. Tout chez lui est proéminent : ses yeux immenses, son long nez, ses lèvres pulpeuses. Sa seule vue m'épuise.

— Martin.

— Pardon. Ma réplique ?

— Dodger vient d'annoncer qu'il a été emmené dans une voiture.

— Une voiture ? Quelle voiture ? Où ça, une voiture ?

Presque. Jamais parfait. Toujours un truc qui cloche. On reprend la scène depuis le début. Et je me dis : on est vendredi soir. En théorie, je pourrais être en train de me saouler. Ou d'écouter un concert.

D'écouter un concert avec Blue.

Au lieu de quoi, Oliver se fait enlever dans une voiture. Encore, et encore, et encore.

— Je vais jamais réussir à mémoriser tout ça, se lamente Abby.

— On a encore les vacances de Noël, non ?

— Oui, mais bon. Taylor a déjà tout appris par cœur, elle.

Abby et Martin jouent des personnages importants ; Taylor tient le rôle-titre. C'est elle, l'Oliver de cet *Oliver !*

— Mais Taylor a une mémoire photographique, tente Martin. À ce qu'il paraît.

Abby esquisse un sourire.

— Ainsi qu'un métabolisme très élevé, ajouté-je.

— Et le teint naturellement hâlé, dit Martin. Elle ne prend jamais le soleil. Elle est juste née bronzée.

— Ah oui, Taylor et son teint hâlé, dit Abby. J'en crève de jalousie.

On éclate de rire, Martin et moi, parce qu'en termes de mélanine, Abby gagne haut la main.

— Vous croyez que ce serait bizarre si je commandais une nouvelle gaufre ? demande Martin.

— Ce serait bizarre que tu ne le fasses pas, dis-je.

Ça me dépasse un peu. Je commencerais presque à l'apprécier.

CHAPITRE QUATORZE

À : bluegreen118@gmail.com
DE : hourtohour.notetonote@gmail.com
ENVOYÉ LE 06/12 À 18 H 19
OBJET : The Coming Out

> Alors, tu l'as fait tu l'as fait tu l'as fait ?
>
> Jacques

À : hourtohour.notetonote@gmail.com
DE : bluegreen118@gmail.com
ENVOYÉ LE 06/12 À 22 H 21
OBJET : Re : The Coming Out

Alors. Pas exactement.

J'y suis allé, et mon père avait tout préparé pour notre Hanukkah à l'hôtel : la menorah, les cadeaux emballés alignés sur la table de nuit, une assiette de latke et deux verres de lait chocolaté (mon père ne peut pas manger d'aliments frits sans boire du lait chocolaté). Bref, il avait l'air d'y avoir mis du sien, c'était plutôt agréable. J'avais l'estomac noué, parce que j'avais vraiment l'intention de le lui dire. Mais je ne voulais pas le faire d'entrée, alors je me suis dit que ça pouvait attendre qu'on ait fini d'ouvrir nos cadeaux.

Tu as déjà entendu ces histoires de gens qui ont révélé leur orientation à leurs parents, pour s'entendre dire que ces derniers le savaient déjà ? Eh bien je peux te dire que ça ne sera pas le cas de mon père. J'ai à présent la certitude officielle qu'il ne se doute pas de mon homosexualité. Tu ne devineras jamais quel livre il a choisi de m'offrir. *Histoire de ma vie*, de Casanova (ou de ce « foutu » Casanova, pour reprendre tes mots).

Quand j'y repense, l'occasion parfaite était cachée quelque part là-dedans. Peut-être aurais-je dû lui demander de le changer pour un Oscar Wilde. Je ne sais pas, Jacques. Je suppose que ça m'a coupé les jambes. Mais je me dis que c'est peut-être une bonne chose, parce que, bizarrement, je crois que ma mère aurait été blessée si j'en avais parlé à mon père d'abord. C'est un peu compliqué, parfois, quand les parents divorcent. Quelle galère.

Quoi qu'il en soit, j'ai finalement décidé de l'annoncer à ma mère en premier. Pas demain, parce que demain c'est dimanche, et que je n'ai sans doute pas intérêt à le faire juste après la messe.

Pourquoi est-ce tellement plus facile d'en parler avec toi ?

Blue

À : bluegreen118@gmail.com
DE : hourtohour.notetonote@gmail.com
ENVOYÉ LE 07/12 À 16 H 46
OBJET : The Coming Out

Blue,

Je n'arrive pas à croire que ton père t'ait offert un bouquin de ce foutu Casanova. Qui eût cru que les parents puissent se montrer aussi aveugles ? Tu m'étonnes que ça t'a ôté l'envie de lui parler ! Je suis désolé, Blue. Je sais que ça te réjouissait, quelque part, de le faire. À moins que ça ne t'ait causé des haut-le-cœur, auquel cas je suis désolé que tu te sois senti nauséeux pour rien. De mon côté, j'avais plus ou moins prévu de faire asseoir mes parents sur le canapé à un moment donné pour vider mon sac d'un coup. Mais tu n'as pas cette possibilité, pas vrai ? Mon cœur saigne pour toi, Blue. J'aimerais tellement que tu n'aies pas à affronter ce surplus de complications.

Quant à savoir pourquoi c'est plus facile de m'en parler à moi... peut-être parce que je suis craquant et grammaticalement au point ? D'ailleurs, tu me trouves vraiment au point, grammaticalement ? Parce que M. Wise critique mon goût pour les phrases tronquées.

Jacques

119

À : hourtohour.notetonote@gmail.com
DE : bluegreen118@gmail.com
ENVOYÉ LE 09/12 À 16 H 52
OBJET : Re : The Coming Out

Jacques,

Pour être clair, ce n'est pas le fait que tu sois craquant qui fait de toi un interlocuteur privilégié, ce devrait même être le contraire. Dans la vraie vie, je perds mes moyens face aux mecs craquants. Je me fige. C'est plus fort que moi. Mais je sais pourquoi tu me posais la question : parce que tu voulais que je te redise combien tu es craquant, aussi je m'exécute. Je te trouve craquant, Jacques. Et je suppose que ton goût pour les phrases tronquées te perdra, mais quelque part j'adore ça.

À part ça, je ne sais pas si tu avais vraiment l'intention de me révéler le nom de ton prof de littérature. Tu sèmes tes indices aux quatre vents, Jacques. Parfois je me demande si tu ne le fais pas à l'insu de ton plein gré.

Quoi qu'il en soit, merci de m'avoir écouté. Merci pour tout. Le week-end a été bizarre, surréaliste même, mais le fait de t'en parler a tout arrangé.

Blue

À : bluegreen118@gmail.com
DE : hourtohour.notetonote@gmail.com
ENVOYÉ LE 10/12 À 19 H 11
OBJET : The Coming Out

Blue,

Ah... ouais. Je n'ai pas fait exprès de parler de M. Wise. Cela te permettrait sans doute d'éliminer beaucoup de candidats, si tu le voulais. Ça me fait tout drôle d'y penser. Pardon, je suis vraiment un imbécile sans nom.

Dis-moi, qui sont tous ces mecs craquants qui te rendent si nerveux ? Ils ne peuvent pas être si craquants que ça. Et j'espère pour toi que leurs phrases tronquées ne te font pas autant d'effet que les miennes.

Tiens-moi au courant de toute conversation ultérieure avec ta mère, tu veux ?

Jacques

CHAPITRE QUINZE

Réciter du Dickens au WaHo : notre nouveau rituel. Comme Abby n'a pas de voiture ce vendredi, elle vient passer la nuit chez moi. Même si ça ne doit pas être drôle pour elle d'habiter si loin, je dois dire que j'aime bien nos pyjama-parties.

Nous arrivons au WaHo avant Martin, évidemment. Il y a du monde ce soir. On prend une table près de l'entrée, ce qui nous donne l'impression d'être sous le feu des projecteurs. Assise en face de moi, Abby se lance immédiatement dans la construction d'une petite maison édifiée en paquets de sucre et de confiture.

Martin fait son entrée et en soixante secondes chrono, change deux fois sa commande, rote, et rase la maison de sucre d'Abby d'une pichenette trop enthousiaste.

— Ah ! Pardon, pardon, dit-il.

Abby me lance un sourire furtif.

— Et j'ai oublié mon texte, ajoute Martin. Merde.

C'est un festival, ce soir.

— Tu n'as qu'à suivre avec moi, propose Abby en se rapprochant de lui.

La tête de Martin ! Je retiens un éclat de rire.

On plonge direct dans l'acte II, un tout petit moins désastreux que la semaine précédente. Cette fois, au moins, je n'ai pas besoin de leur souffler chaque réplique. Je laisse mon esprit vagabonder.

Je pense à Blue, comme d'habitude. Que voulez-vous, mon esprit revient toujours à lui. Il m'a envoyé un autre mail. On s'écrit presque tous les jours ces derniers temps, et c'est fou ce qu'il occupe mes pensées. J'ai failli foutre en l'air le labo de chimie ce matin ; trop occupé à composer mentalement une réponse à son message, j'en avais oublié que je versais de l'acide nitrique.

C'est étrange. Au début, les mails de Blue constituaient une sorte d'agrément séparé de ma vie réelle. Alors que maintenant, j'ai l'impression que ma vie se trouve peut-être dans ces missives. Tout le reste me semble relever d'un rêve aussi assommant qu'interminable.

— Oh bon sang, Marty, non ! dit Abby. Non, non, non…

Parce que, soudain, Martin, à genoux dans le box, la tête rejetée en arrière, se met à chanter les mains sur la poitrine, *Un homme a du cœur, n'est-ce pas ? Plaisanterie mise à part – n'est-ce pas ?* Non mais franchement, vous y croyez, à ce putain de clown de mes deux ? Il chante en mode Fagin, d'une voix basse, chevrotante, vaguement british. Complètement pris dans la folie du moment.

Les gens nous dévisagent, bouche bée. J'en reste sans voix. On se regarde, Abby et moi, dans le silence le plus foutrement gêné et le plus ébahi de l'histoire de l'humanité.

Il chante son air jusqu'au bout. Il a dû se préparer. Et puis… je vous jure que je ne plaisante pas. Il regagne son siège comme si de rien n'était, et arrose sa gaufre de sirop.

— Je ne sais pas quoi dire, souffle Abby.

Avant de soupirer. Puis de le prendre dans ses bras.

Je vous jure, on dirait un personnage de manga. Il ne lui manque que les cœurs dans les yeux. Nos regards se croisent, il a la banane jusque-là. Je ne peux réprimer un sourire.

Peut-être qu'il me fait du chantage. Peut-être qu'il est aussi en train de gagner mon amitié. Qui sait si c'est permis.

Ou peut-être est-ce moi qui suis bizarrement survolté. Je ne saurais l'expliquer. Tout me paraît drôle. Martin est drôle. Martin chantant au milieu du Waffle House, c'est incroyablement tordant.

Deux heures plus tard, on se dit au revoir sur le parking tandis qu'Abby s'installe dans le siège passager. On frissonne une minute sous le ciel sombre et limpide en attendant que le chauffage s'enclenche. Je sors de mon emplacement pour prendre Roswell Road.

— Qui c'est ? demande Abby.

— Rilo Kiley.

— Connais pas.

Elle bâille.

J'ai mis la compile d'anniversaire que Leah m'a offerte. Laquelle contient trois morceaux tirés des deux premiers albums de Rilo Kiley. Leah a un gros faible pour Jenny Lewis. Il faut dire qu'elle est irrésistible. J'ai beau avoir vingt ans de moins et être cent pour cent homo, j'avoue. Je ne dirais pas non à Jenny Lewis.

— Ce Martin… soupire Abby en secouant la tête.

— Quel taré.

— Plutôt mignon, pour un taré, dit-elle.

Je tourne à gauche pour rejoindre Shady Creek Circle. La voiture se réchauffe, les rues sont presque vides, tout semble calme, paisible, confortable.

— Très mignon, même, décrète-t-elle, mais, hélas, pas mon genre.

— Pas le mien non plus, dis-je.

Abby s'esclaffe. Je sens mon cœur se serrer dans ma poitrine.

Je devrais le lui dire.

Blue va le dire à sa mère ce soir… du moins c'est ce qui est prévu. Ils vont dîner chez eux, lui va faire en sorte qu'elle boive un peu de vin. Avant de prendre son courage à deux mains et de sauter le pas. Je stresse pour lui. Peut-être suis-je un peu jaloux, aussi.

C'est un peu comme un deuil pour moi. Je crois que j'aimais bien être le seul au courant.

— Abby, je peux te dire un truc ?

— Bien sûr, qu'est-ce qu'il y a ?

La musique s'éloigne à des années-lumière. On est arrêtés à un feu rouge, j'attends pour tourner à gauche et tout ce que j'entends, c'est le cliquetis frénétique de mon clignotant.

Je crois que mon cœur bat en rythme.

— Tu ne peux le répéter à personne, dis-je. C'est un secret.

Elle ne dit rien, mais je perçois le mouvement de son corps tourné vers moi. Les genoux fléchis sur le siège passager, elle attend.

Je n'avais pas prévu de le faire ce soir.

— Voilà. Le truc, c'est que je suis gay.

C'est la première fois que je prononce ces mots à voix haute. Je m'interromps, les mains sur le volant, en quête d'une sensation extraordinaire. Le feu passe au vert.

— Oh, laisse échapper Abby.

Puis un silence épais, suspendu.

Je tourne à gauche.

— Simon, gare-toi.

Il y a une petite boulangerie sur ma droite. Je me range dans l'allée. La boutique est fermée pour la nuit. Je mets le moteur au point mort.

— Tes mains tremblent, murmure Abby.

Elle attire mon bras à elle, remonte ma manche, prend ma main dans les siennes. Assise en tailleur sur le siège, de côté, elle me fait face. J'ose à peine la regarder.

— C'est la première fois que tu en parles à quelqu'un ? demande-t-elle au bout d'un moment.

J'acquiesce.

— Waouh.

Je l'entends inspirer profondément.

— Simon, c'est un honneur que tu me fais.

Je m'enfonce dans mon siège avec un soupir et me tourne vers elle. La ceinture de sécurité m'étouffe. Je dégage ma main de celles d'Abby pour défaire le mécanisme. Avant de lui rendre ma main. Elle glisse ses doigts entre les miens. Je lui demande :

— Ça t'étonne ?

— Non.

Elle me regarde droit dans les yeux. Dans la lueur des réverbères, ses iris disparaissent presque totalement, un fin liseré brun au bord de ses pupilles.

— Tu savais ?

— Non, du tout.

— Mais tu n'es pas surprise.

— Est-ce que tu voudrais que je le sois ?

Elle semble nerveuse.

— Je n'en sais rien, dis-je.

Elle me presse la main.

Je me demande comment ça se passe, du côté de Blue. Je me demande s'il ressent les mêmes palpitations à l'estomac que moi en ce moment. Il ressent probablement beaucoup plus que des palpitations. Il doit se sentir si nauséeux qu'il en a du mal à articuler.

Mon Blue.

C'est étrange. On dirait presque que c'est pour lui que je l'ai fait.

— Qu'est-ce que tu vas faire ? veut savoir Abby. Tu vas le dire aux autres ?

Je réfléchis. Je ne me suis pas vraiment posé la question.

— Je ne sais pas. Sans doute, oui, un jour ou l'autre.

— Moi, en tout cas, je t'aime, dit-elle.

Elle me tapote la joue. Puis on rentre à la maison.

CHAPITRE SEIZE

À : hourtohour.notetonote@gmail.com
DE : bluegreen118@gmail.com
ENVOYÉ LE 13/12 À 12 H 09
OBJET : Allons-y gaiement

Jacques, je l'ai fait. Je lui ai dit. Je n'arrive pas à le croire. Je me sens encore si agité, tendu, pas moi-même. Je ne suis pas sûr de pouvoir dormir cette nuit.

Je crois qu'elle l'a bien pris. Elle n'a pas mêlé Jésus à tout ça. Elle est restée plutôt calme, dans l'ensemble. J'oublie parfois que ma mère peut se montrer parfaitement rationnelle et analytique (elle est épidémiologiste, après tout). Elle s'est surtout inquiétée de savoir si je comprenais la nécessité d'Avoir des Rapports Protégés, Systématiquement, Même Pour le Sexe Oral. Non, je ne plaisante pas. Elle n'a pas eu l'air de me croire quand je lui ai dit que je n'étais pas sexuellement actif. Ce qui est plutôt flatteur, sans doute.

En tout cas, je tenais à te remercier. Je ne te l'ai pas dit auparavant, Jacques, mais il faut que tu saches que c'est toi qui m'as donné la force de le faire. Je n'étais pas sûr d'en trouver le courage. C'est assez incroyable. J'ai l'impression qu'un mur vient de s'écrouler, je ne sais pas pourquoi, et je ne sais pas ce qui va se passer ensuite. Je sais simplement que c'est grâce à toi. Alors, merci.

Blue

À : bluegreen118@gmail.com
DE : hourtohour.notetonote@gmail.com
ENVOYÉ LE 13/12 À 11 H 54
OBJET : Re : Allons-y gaiement

Blue,

La ferme. Je suis trop fier de toi. Je te prendrais dans mes bras, là, tout de suite, si je pouvais.

Waouh, entre Mme Systématiquement Y Compris Pour Le Sexe Oral et M. Casanova Sa Vie Son Œuvre, tes parents se mêlent drôlement de ta vie sexuelle, dis donc. Les parents ne connaissent donc pas la honte ? Je vais te dire une chose, cependant : tu ne devrais pas envisager les rapports sexuels à moins d'avoir trouvé quelqu'un de vraiment extraordinaire. Quelqu'un de tellement incroyable que les gamins tarés du voisinage n'oseraient JAMAIS uriner sur le pas de sa porte. Quelqu'un qui aime un peu trop les phrases tronquées et les révélations fortuites. Parfaitement.

Tu sais, tu m'as inspiré, Blue. Moi aussi, j'ai Fait Mon Coming Out ce soir. Pas à mes parents, certes. Mais je l'ai dit à une de mes meilleures amies. Ce n'était pas du tout prévu, c'était gênant, étrange, et pour tout dire assez agréable. Je me sens surtout soulagé. Un peu embarrassé, aussi, parce que j'ai l'impression d'en avoir fait tout un plat pour rien. Mais c'est drôle. Quelque part j'ai l'impression d'avoir franchi une sorte de frontière et de me retrouver de l'autre côté, pour me rendre compte qu'il n'y a plus de retour possible. Un sentiment agréable, je crois, ou exaltant, du moins. Je n'en suis pas sûr. Est-ce que je raconte n'importe quoi ?

Mais pour cette histoire de murs qui s'abattent ? Je crois que tu m'accordes beaucoup trop de crédit. C'est toi, le héros de la soirée, Blue. Tu as abattu ton mur tout seul. Le mien aussi, peut-être.

Jacques

À : hourtohour.notetonote@gmail.com
DE : bluegreen118@gmail.com
ENVOYÉ LE 14/12 À 00 H 12
OBJET : Re : Allons-y gaiement

Jacques,

Je ne sais pas quoi te dire. Moi aussi, je suis trop fier de toi. C'est vraiment énorme, non ? C'est le genre de moment qu'on se rappellera toute notre vie, j'imagine.

Je vois exactement ce que tu veux dire en parlant de frontière. Je crois qu'on pourrait parler de processus irrévocable. Une fois sorti du placard, on ne peut plus y retourner. Un peu terrifiant, tu ne trouves pas ? Je sais qu'on a beaucoup de chance de Faire Notre Coming-Out maintenant et non il y a vingt ans, mais ça n'en reste pas moins un acte de foi. C'est à la fois plus facile que je ne l'aurais cru et beaucoup plus dur.

Et ne t'en fais pas, Jacques. Je n'envisage des rapports sexuels qu'avec des mecs qui fuient leur petite copine de quatrième dans les toilettes le soir de la Saint-Valentin, s'empiffrent d'Oreo et écoutent des musiques étrangement dépressives et enchanteresses, mais sans jamais porter de T-shirt rock.

Je suppose que je dois avoir un genre bien défini.

(Je ne plaisante pas.)

Blue

CHAPITRE DIX-SEPT

Il faut que je le voie.

Je ne peux plus continuer ce petit jeu. Qu'importe si je fous tout en l'air. Je suis à deux doigts de rouler des pelles à l'écran de mon ordi.

Blue Blue Blue Blue Blue Blue Blue.

Sérieux, j'ai l'impression d'exploser.

Je passe la journée de cours avec l'estomac noué, ce qui est ridicule, puisque qu'il n'y a rien de concret derrière. Après tout, il ne s'agit que de mots sur un écran. Je ne sais même pas son nom, merde.

Je crois que je suis un peu amoureux de lui.

Pendant toute la répétition, je fixe Cal Price en espérant qu'il fera une connerie qui m'apporterait un indice. Quelque chose. N'importe quoi. Il sort un bouquin de son sac, et mes yeux cherchent le nom de l'auteur sur la couverture. Parce que ça pourrait être Casanova, et qu'une seule personne de ma connaissance possède un de ses livres.

Mais c'est *Fahrenheit 451*. Sans doute pour le cours de littérature.

À quoi peut bien ressembler un mec dont les barrières viennent de tomber ?

Enfin, je ne suis pas le seul à avoir des problèmes de concentration aujourd'hui : tout le monde est obsédé par l'histoire d'un première qui s'est introduit dans le labo de chimie et a fini la queue coincée dans un bécher. Ne me demandez pas qui. Apparemment c'était sur le Tumblr. Mme Albright nous libère en avance. Il faut croire qu'elle en a plein le dos de cette rumeur.

Ce qui veut dire qu'il fait encore clair lorsque je me gare devant la maison. Bieber explose quasiment de joie à mon arrivée. On dirait que je suis le premier à rentrer. Où diable est Nora ? C'est plutôt inhabituel de la voir sortie, pour être honnête.

Je me sens très agité. Je n'ai pas envie de grignoter. Pas même des Oreo. Je ne tiens pas en place. Je textote Nick pour voir ce qu'il fait, même si je me doute qu'il doit être en train de jouer à la console au sous-sol, parce que c'est toujours à ça qu'il occupe ses après-midi en dehors de la saison de foot. Il me répond que Leah est en route. J'accroche la laisse au collier de Bieber et verrouille la porte derrière nous.

Leah est en train de se garer lorsqu'on arrive. Elle abaisse sa vitre et appelle Bieber, qui bien évidemment s'échappe pour se jeter contre sa voiture.

— Salut, doudou, dit-elle.

Les pattes sur le rebord de la portière, il lui adresse une léchouille polie.

— Tu sors de répète ? me demande Leah tandis que nous contournons la maison pour rejoindre le sous-sol.

— Oui, dis-je en tournant la poignée pour ouvrir. Bieber. NON. Allez !

À croire que c'est le premier écureuil de sa vie. Nom d'un chien.

— Bon sang. Ça fait, quoi, deux heures par jour, trois jours par semaine ?

— Quatre jours maintenant, dis-je. Tous les après-midi sauf le vendredi. Et on a une journée de répétition ce samedi.

— Waouh, dit-elle.

Nick éteint la télé à notre arrivée.

— *Assassin's Creed* ? demande Leah en désignant l'écran vide d'un hochement de tête.

— Affirmatif, répond Nick.

— Génial, dit-elle.

Je déteste quand Leah fait ça. Je sais bien qu'elle ne s'intéresse pas plus que moi aux jeux vidéo, mais elle fait comme si. Je ne sais si c'est pour impressionner Nick ou parce qu'elle trouve ça cool de faire partie du clan. Ça m'agace.

Je m'allonge sur le tapis à côté de Bieber. Lequel est étendu sur le dos, les lèvres retroussées sur les gencives. Absurde. Nick et Leah discutent *Dr Who*, et Leah s'installe sur un des fauteuils gaming en tirant sur l'ourlet élimé de son jean. Les joues un peu roses derrière ses taches de rousseur, elle tente d'appuyer son propos et se laisse emporter par son sujet. Ils sont absorbés par la philosophie du voyage temporel, tous les deux. Aussi je laisse mes paupières se fermer. Et je pense à Blue.

Okay. Je craque sur un mec. Mais c'est pas comme craquer sur un musicien ou un acteur quelconque ou sur ce foutu Harry Potter. Là, c'est pour de vrai. Forcément. C'en est presque débilitant.

Car, enfin, me voilà étendu sur la moquette du sous-sol de Nick, théâtre de tant de transformations de Power Rangers, de combats au sabre laser et d'accidents à bas de jus de fruits, et tout ce qui compte au monde, c'est le prochain mail de Blue. Nick et Leah déblatèrent encore sur leur TARDIS à la con. Sans se douter de rien. Sans même se douter que je suis gay.

Et je ne sais pas comment gérer ça. Après l'avoir dit à Abby vendredi dernier, je pensais que ce serait facile de le leur annoncer. Plus facile, en tout cas, maintenant que mes lèvres se sont habituées à prononcer ces mots.

Mais ce n'est pas plus facile : c'est impossible. Parce que même si j'ai l'impression de connaître Abby depuis toujours, elle ne vit ici que depuis quatre mois. Et je suppose qu'elle n'a pas eu le temps de se faire d'a priori sur moi. Alors que Leah, je la connais depuis le CM2, et Nick depuis l'âge de quatre ans. Et cette histoire d'orientation… ça me semble énorme. Presque insurmontable. Je ne sais pas comment leur révéler une chose pareille et retourner à ma vie de Simon après. Parce que si Leah et Nick ne me reconnaissent pas, je ne me reconnaîtrai pas non plus.

Mon téléphone vibre, mais je l'ignore.

Je déteste me sentir si loin d'eux. Ce n'est pas comme cacher une amourette, parce que les amourettes, on n'en parle jamais, de toute façon, et c'est très bien comme ça. Même le faible de Leah pour Nick. Je le vois, et je suis sûr que lui aussi, mais il y a comme un accord tacite qui fait que personne n'en souffle mot.

Je ne sais pas pourquoi c'est différent avec cette histoire d'orientation. Je ne sais pas pourquoi le fait de la leur cacher me donne l'impression de mener une double vie.

Mon téléphone éructe la vibration bruyante associée à la messagerie vocale. C'est mon père. Le dîner est servi, et il aimerait savoir où je suis encore fourré.

Alors je m'en vais. Et c'est tout. Mais je finirai bien par le dire à Nick et Leah.

Je passe le premier samedi des vacances de Noël au lycée. On est tous assis en cercle sur la scène à manger des donuts en buvant du café dans des gobelets en polystyrène. Pas un seul d'entre nous ne porte un pantalon normal. Je m'installe à côté d'Abby à l'avant-scène, les pieds ballants au-dessus de la fosse d'orchestre, ses jambes sur mes genoux. Des jambes drapées de flanelle vieux rose avec des étoiles d'un ton plus clair.

Les doigts poisseux de sucre, je me sens très loin de tout ça. Je fixe les briques du mur du fond. Certaines, d'une teinte plus sombre, presque brune, forment un motif de double hélice. Totalement fortuit. Et pourtant totalement délibéré.

Intéressant, les doubles hélices. Acide désoxyribonu-cléique. Je vais penser à ça, tiens.

Essayer d'éviter certaines pensées, c'est comme jouer à ce foutu jeu de la taupe. Chaque fois qu'on en repousse une dans son terrier, une autre pointe le museau à la surface.

Mes taupes sont au nombre de deux. La première, c'est le fait que j'ai traîné avec Nick et Leah trois fois cette semaine après les répétitions, ce qui veut dire autant d'occasions de leur parler de cette histoire d'orientation, et autant d'occasions de me dégonfler. Et la deuxième, c'est Blue, avec sa grammaire parfaite, qui ignore que je relis vingt fois chacun de mes e-mails avant de les lui envoyer. Blue, si réservé et pourtant si dragueur par moments. Qui pense au sexe, et à faire l'amour avec moi.

Mais, vous savez... les doubles hélices. Qui tournent en rond, sinueuses.

Martin fait son entrée au fond de l'auditorium, affublé d'une longue robe de chambre démodée, des bigoudis dans les tifs.

— Oh, waouh. Il a vraiment... okay.

Abby hoche la tête et sourit à Martin, qui trébuche alors sur le néant absolu. Puis se rattrape à l'accoudoir d'un fauteuil avec un sourire triomphant. Du pur Martin. Tout fait partie du spectacle avec lui.

Mme Albright rejoint le cercle sur scène et nous rappelle à l'ordre. Avec Abby, on se rapproche du groupe. Je me retrouve à côté de Martin, à qui j'adresse un sourire. Il me donne un léger coup de poing sur le bras, le regard fixé droit devant lui, comme un père un jour de match de mini-ligue. Un père de mini-ligue qui s'habillerait comme ma grand-mère.

— Voilà ce qu'on va faire, les enfants, annonce Mme Albright. On va affiner les numéros musicaux cette semaine. D'abord les grands ensembles, puis on se divisera en petits groupes. Pause pizza à midi, après quoi on file le tout.

Par-dessus son épaule, j'aperçois Cal assis sur une plateforme, occupé à noter quelque chose en marge de son texte.

— Des questions ? demande la prof.

— Pour ceux d'entre nous qui connaissent leur rôle par cœur, est-ce qu'on doit quand même garder nos textes pour prendre des notes ? demande Taylor, histoire de bien faire savoir à tout le monde qu'elle a déjà mémorisé ses répliques.

— Ce matin, oui. Cet après-midi ce ne sera pas la peine. Nous reverrons les notes après avoir fini. J'aimerais filer les deux actes une fois, sans interruption. Bien sûr, ce sera un peu le bazar, mais ce n'est pas grave. (Elle bâille.) Bon, très bien. Cinq minutes de pause, puis on attaque *Food, Glorious Food.*

Je me relève et, avant d'avoir pu changer d'avis, me dirige vers la plateforme où est assis Cal. Je pousse doucement son genou.

— Sympa, les pois, dis-je.

Il sourit.

— Sympa, les labradors.

Bon, comme il est mignon, je laisse couler, même si ce sont clairement des golden retrievers qui ornent mon pantalon.

Je jette un œil à son texte.

— Qu'est-ce que tu dessines ?

— Oh, ça ? Je ne sais pas, dit-il avant de repousser sa frange en rougissant.

Bon sang, ce qu'il est craquant.

— Je ne savais pas que tu dessinais.

— Un peu.

Il hausse les épaules et me présente son classeur.

Il dessine dans un style tout mouvement, angles aigus et lignes fortes. Pas mal. Leah est meilleure. Mais peu importe. Tout ce qui m'intéresse, c'est que le croquis de Cal représente un superhéros.

Sérieux : un superhéros. Mon cœur se fige instantanément. Blue adore les superhéros.

Blue.

Je me rapproche d'un pouce ; nos jambes s'effleurent, tout juste.

Pas sûr qu'il l'ait remarqué.

Je ne sais pas ce qui me rend si audacieux aujourd'hui.

Je suis sûr à 99,9 % que Cal est Blue. Mais il demeure une infime probabilité que ce ne soit pas le cas. Pour une raison qui m'échappe, je ne peux me résoudre à lui poser la question.

À la place, je lui demande :

— Alors, ce café ?

— Pas mal, Simon. Pas mal.

Levant la tête, je m'aperçois qu'Abby m'observe avec intérêt. Elle détourne les yeux sous mon regard assassin, mais ses lèvres esquissent un minuscule sourire entendu qui m'achève.

Mme Albright envoie quelques-uns d'entre nous en salle de musique, sous la responsabilité de Cal. Un scénario idéal, tout bien réfléchi.

On doit traverser tout le couloir de maths et de sciences et descendre l'escalier du fond. L'endroit est sombre, effrayant, et génial le samedi, au milieu d'un établissement désert. La salle de musique elle-même se terre dans une alcôve tout au bout du couloir. En tant qu'ancien de la chorale, j'y ai passé pas mal de temps. Elle n'a pas changé. Quelque chose me dit qu'elle n'a pas dû changer depuis une vingtaine d'années.

Trois rangs de chaises sont alignés sur des estrades le long des murs de la classe pour former un hexagone ouvert. Au centre de la pièce se dresse un piano droit, sur lequel est accrochée une pancarte plastifiée rappelant aux choristes de soigner leur posture. Cal s'assied au bord de la banquette, les bras étirés derrière la tête.

— Bon. Euh, on pourrait peut-être commencer par *Consider Yourself* ou *Pick a Pocket or Two*, dit-il en frottant son pied contre celui de la banquette.

Il a l'air perdu. Martin essaie de transférer un de ses bigoudis sur la queue-de-cheval d'Abby, qui le poignarde avec une baguette de tambour, tandis que quelques élèves ont sorti les guitares pour gratter des chansons pop prises au hasard.

Personne n'écoute vraiment Cal à part moi. Enfin, moi et Taylor. Je propose :

— Tu veux qu'on dégage les estrades ?

— Euh, ouais. Ça serait formidable, dit-il. Merci, les gars.

Je trouve un bout de papier intéressant sur l'une d'entre elles : une feuille orange fluo, portant les mots SET LIST écrits au marqueur noir. En dessous, une liste de titres — des chansons classiques qui déchirent, comme *Somebody to Love* ou *Billie Jean*.

— Qu'est-ce que c'est ? demande Taylor.

Je lui tends le papier avec un haussement d'épaules.

— Ça n'a rien à faire là, décrète-t-elle en jetant la feuille.

Évidemment. Selon Taylor, tout ce qui déchire n'a rien à faire nulle part.

Cal a pris l'ordinateur portable de Mme Albright, lequel contient les accompagnements au piano des chansons. Tout le monde se prête au jeu du filage d'assez bonne volonté, et on évite le désastre total. Même si ça me fait mal de l'admettre, Taylor possède sans doute la meilleure voix du lycée en dehors de Nick, et Abby danse si bien qu'elle parvient sans peine à porter le numéro à elle seule. Quant à Martin, tout ce qu'il touche devient absurde et hilarant. Surtout lorsqu'il porte une nuisette.

Il nous reste près d'une heure avant de retourner à l'auditorium. On devrait probablement faire un deuxième filage, mais franchement. C'est samedi, dans un lycée sombre et désert, et nous ne sommes qu'une bande de théâtreux en pyjamas dopés aux donuts.

On finit par chanter des chansons de Disney dans l'escalier. Bizarrement, Abby connaît *Pocahontas* sur le bout des doigts, et on a tous en tête *Le Roi Lion*, *Aladin* et *La Belle et la Bête*. Taylor est capable d'improviser des harmonies, et notre filage d'*Oliver !* a dû faire office d'échauffement, car le tout rend vraiment bien. D'autant que l'escalier offre une acoustique du tonnerre.

De retour en haut, Mila Odom et Eve Miller sortent quelques fauteuils à roulettes du labo informatique. Quelle chance que Creekwood possède de si longs couloirs.

Le comble du bonheur : attraper le fond d'un fauteuil à roulettes des deux mains tandis que Cal Price me pousse dans le couloir à toute berzingue. On fait la course contre deux filles de la troupe, des premières. Cal étant plutôt du genre nonchalant, elles nous mettent la pâtée, mais ça m'est égal. Ses mains me serrent les épaules, et on rit tous les deux, devant la traînée bleue floutée des rangées de casiers. Je pose les pieds au sol pour ralentir dans une saccade. Le temps est venu de me relever, je suppose. Je lève la main pour taper dans celle de Cal, mais lui préfère entrelacer nos doigts l'espace d'un instant. Avant de me contempler avec un sourire, les yeux cachés derrière sa frange. Nous desserrons les doigts, mon cœur bat la chamade. Je détourne le regard.

Puis Taylor, croyez-le ou non, grimpe sur un des fauteuils. Plutôt inattendu. Sa chevelure blonde flotte au vent tandis qu'Abby la pousse. Elles remportent la course haut la main. Abby et ses mollets musclés, je suppose. Je ne savais pas qu'elle était si rapide.

Abby s'effondre dans mes bras, hilare, le souffle court, et nous glissons au sol, adossés contre les casiers. Elle laisse aller sa tête sur ma clavicule, je passe un bras autour de ses épaules. Leah n'est pas à l'aise avec les contacts physiques, et il y a comme un accord tacite selon lequel Nick demeure hors limite. Mais Abby, elle, est du genre câlin, ce dont je ne me plains pas car c'est aussi un peu mon cas. Et puis, tout semble tellement naturel et confortable entre nous depuis ma confession nocturne dans la voiture après notre séance au Waffle House. Je me sens bien, là, assis contre elle, enveloppé de son parfum magique de pain perdu, tandis qu'on regarde les secondes faire la course chacun son tour.

On reste assis comme ça si longtemps que des fourmis me picotent le bras. Mais ce n'est qu'au moment de regagner l'auditorium que je prends conscience des regards rivés sur nous. Deux, pour être précis.

Le premier appartient à Cal.

Le deuxième, c'est celui de Martin, qui semble furieux.

— Spier. Il faut qu'on parle, lance Martin en m'attirant dans la cage d'escalier.

— Là, tout de suite ? Parce que Mme Albright veut qu'on...

— La mère Albright attendra.

— Okay. Qu'est-ce qui se passe ?

Je le dévisage, appuyé contre la rambarde. Mes yeux se sont habitués à l'obscurité, aussi je remarque que Martin a les mâchoires serrées. Il attend en silence que les autres soient hors de portée de voix.

— Alors, je suppose que tu trouves tout ça à mourir de rire, dit-il.

— Quoi ?

Pas de réponse.

— Je ne sais absolument pas de quoi tu parles.

— Ben voyons.

Les bras croisés, il se triture le coude. L'incarnation du regard assassin.

— Marty, sérieux. Je ne comprends pas ce qui te met en rogne. Je serais ravi que tu m'expliques. Autrement je ne vois pas quoi te répondre.

Avec un lourd soupir, il se laisse aller contre la rambarde.

— Tu essaies de m'humilier. Et crois-moi, je te comprends. Je comprends que notre arrangement ne te convienne pas à cent pour cent...

— Notre arrangement ? Tu veux dire ton chantage ? Un peu, ouais, que ça ne me convient pas, au cas où tu te poserais la question !

— Parce que je te fais du chantage ?

— Comment tu appelles ça, toi ?

C'est drôle... je ne suis pas vraiment fâché contre lui. Un peu déboussolé, pour le moment, mais pas en colère.

— Écoute... C'est fini. Cette histoire avec Abby, c'est terminé, d'accord ? Alors tu peux oublier tout le reste.

Une pause.

— Il s'est passé un truc avec Abby ?

— On peut dire ça, ouais. Un putain de râteau, voilà ce qui s'est passé.

— Quoi ? Mais quand ?

Martin se redresse soudain, le visage empourpré.

— Environ cinq minutes avant qu'elle se jette à ton cou, dit-il.

— Quoi ?! Mais non... mais c'est pas du tout...

— Tu sais quoi ? Épargne-moi tes salades, Spier. Mieux : va dire à Mme Albright que je la verrai en janvier.

— Tu t'en vas ?

Je ne comprends vraiment pas ce qui se passe. Il s'éloigne en me faisant un doigt. Sans même se retourner pour me regarder.

— Martin, est-ce que tu...

— Joyeux Noël de mes deux, Simon, dit-il. J'espère que t'es content.

CHAPITRE DIX-HUIT

À : hourtohour.notetonote@gmail.com
DE : bluegreen118@gmail.com
ENVOYÉ LE 20/12 À 13 H 45
OBJET : Oh baby...

Jacques,

Tu ne vas pas le croire.

Quand je suis revenu du lycée hier, mes deux parents étaient là. Je sais que ça paraît normal, dit comme ça, mais il faut que tu saches que ma mère ne sort presque jamais en avance de son travail, et que mon père n'est *jamais* passé à l'improviste jusqu'à maintenant. Et qu'il est déjà venu il y a deux semaines. Ils étaient assis sur le canapé du salon, en train de rire au sujet de quelque chose, mais se sont interrompus quand je suis entré.

Je me suis senti si mal à l'aise, Jacques. J'étais persuadé que ma mère avait dit à mon père que j'étais gay, ce qui aurait été... je ne sais pas. Enfin bref, passé la première demi-heure de banalités insupportables, ma mère s'est levée en disant qu'elle nous laissait entre hommes une minute. Puis elle est allée dans sa chambre. Situation tout simplement ubuesque.

Quoi qu'il en soit, mon père semblait terriblement nerveux, tout comme moi d'ailleurs. On a parlé, je ne sais plus ce qu'il a dit, mais je me suis rendu compte que ma mère ne lui avait rien révélé. Et soudain, j'ai eu envie qu'il sache. Il me semblait que c'était l'instant ou jamais. Je l'écoutais donc parler, à l'affût d'une ouverture... mais il n'arrêtait pas de pérorer. C'était étrange, décousu, ennuyeux.

Et puis, d'un seul coup, de but en blanc, il m'annonce que ma belle-mère est enceinte. Elle doit accoucher en juin.

Je ne m'attendais vraiment pas à ça. J'ai toujours été fils unique.

Alors, voilà. Tu dois bien être le seul à pouvoir rendre ça drôle. Fais-moi ce plaisir. Ou du moins distrais-moi. Tu es assez doué pour ça, aussi.

Je t'embrasse,

Blue

À : bluegreen118@gmail.com
DE : hourtohour.notetonote@gmail.com
ENVOYÉ LE 20/12 À 18 H 16
OBJET : Re : Oh baby...

Blue,

Waouh. Je... waouh. Félicitations ? Je ne sais pas. Je ne suis pas sûr de savoir ce que tu en penses, mais tu ne m'as pas l'air chaud à cent pour cent. Pas plus que je ne le serais à ta place. Surtout après une vie d'enfant unique. Sans parler de l'idée que ton père est un être sexuel, ce qui est évidemment épouvantable

(et c'est LUI qui t'a offert un bouquin de ce foutu Casanova ?).
Beurk.

Et puis, je suis vraiment désolé d'apprendre qu'après tous tes préparatifs pour Faire Ton Coming Out, tu n'as pas eu la chance d'aller au bout. C'est vraiment nul.

J'essaie de rendre la chose drôle... Caca ? C'est drôle, le caca, non ? Je suppose qu'il va y en avoir des tonnes à présent. Je ne sais pas pourquoi ça ne me paraît plus si drôle d'un coup. CACA BOUDIN !!!!! Enfin, j'aurai essayé.

Au fait, petite parenthèse : tu ne trouves pas que tout le monde devrait en passer par le coming out ? Pourquoi l'hétérosexualité serait-elle la norme ? Chacun devrait déclarer son orientation, quelle qu'elle soit, et ça devrait être aussi gênant pour tout le monde, hétéros, gays, bisexuels ou autres. Je dis ça, je dis rien.

Enfin bref, je ne sais pas si ça t'aide, ce que je raconte. Je suis un peu à côté de mes pompes, je crois (drôle de journée de mon côté aussi). Sache en tout cas que je suis désolé d'apprendre que tu t'es pris cette nouvelle en pleine figure. Et que je pense à toi.

Je t'embrasse,

Jacques

À : hourtohour.notetonote@gmail.com
DE : bluegreen118@gmail.com
ENVOYÉ LE 21/12 À 09 H 37
OBJET : CACA BOUDIN

Jacques,

Tout d'abord, ton message m'a fait un bien fou. Je ne sais... il y a quelque chose dans la conjonction de Casanova et de l'expression « en cloque » en rapport avec mon père. Quel désastre. Mais c'est assez drôle, en même temps. Je suppose qu'il n'y a rien de foncièrement mauvais à se retrouver avec un fœtus en plus dans la famille. Je suis curieux de savoir si c'est une fille ou un garçon. En tout cas, je me sens beaucoup mieux qu'hier. Et je crois que le simple fait d'en parler avec toi arrange à peu près tout.

Désolé d'apprendre que ta journée a été étrange aussi. Tu veux en parler ?

Je suis tout à fait d'accord pour dire que c'est agaçant que l'hétérosexualité (et la blancheur de peau, tant qu'on y est) soit la norme, ou que les seules personnes obligées de s'interroger sur leur identité soient celles qui n'entrent pas dans ce moule. Les hétéros devraient absolument Faire Leur Coming Out eux aussi, et le plus gênant sera le mieux ! La gêne devrait être une condition *sine qua non*. Notre version du Complot Homosexuel, je suppose ?

Je t'embrasse,

Blue

PS : Au fait, je te laisse deviner ce que je suis en train de manger en ce moment.

À : bluegreen118@gmail.com
DE : hourtohour.notetonote@gmail.com
ENVOYÉ LE 21/12 À 10 H 11
OBJET : Re : CACA BOUDIN

Blue,

J'espère pour ta santé mentale que Little Fœtus est un garçon, parce que les sœurs, c'est pas des cadeaux. Content de
savoir que tu le prends mieux. Je ne sais pas comment j'ai fait,
mais je suis heureux d'avoir pu t'aider d'une façon ou d'une
autre.

T'inquiète pour ma journée. Quelqu'un s'est fâché contre
moi, et c'est un peu compliqué à expliquer, mais ce n'est qu'un
stupide malentendu. Peu importe.

Le Complot Homosexuel ? Je ne sais pas. Je parlerais plutôt de Complot Homo Sapiens. Car c'est bien le propos, non ?

Je t'embrasse,

                                        Jacques

PS : Tu piques ma curiosité. Une banane ? Un hot-dog ? Un
concombre ? :-)

À : hourtohour.notetonote@gmail.com
DE : bluegreen118@gmail.com
ENVOYÉ LE 21/12 À 10 H 24
OBJET : Le Complot Homo Sapiens

Jacques,

J'adore.

Je t'embrasse,

Blue

PS : Quel obsédé tu fais, Jacques.

PPS : Une saucisse géante, tu veux dire, oui.

PPPS : Non, sérieusement. Des Oreo. En ton honneur.

À : bluegreen118@gmail.com

DE : hourtohour.notetonote@gmail.com

ENVOYÉ LE 21/12 À 22 H 30

OBJET : Re : Le Complot Homo Sapiens

Blue,

Ravi d'apprendre que tu manges des Oreo au petit déjeuner. Et j'adore ta saucisse géante.

J'ai un aveu à te faire. Je n'arrête pas de le taper, de l'effacer, et de chercher un meilleur moyen de le formuler. Je ne sais pas. Je crois que je vais simplement le dire tout de go : je veux savoir qui tu es.

Je pense que nous devrions nous rencontrer.

Je t'embrasse,

Jacques

CHAPITRE DIX-NEUF

On est à la veille de Noël, et quelque chose cloche. Rien de méchant. Mais quelque chose cloche. Je ne saurais l'expliquer. Nous avons honoré chacune de nos traditions familiales : ma mère a fait des crottes de renne (des truffes aux Oreo), le sapin est intégralement décoré et illuminé, et on a fait notre numéro des Chipmunks.

Il est midi, on est tous assis dans le salon, encore en pyjamas, des ordinateurs portables sur les genoux. Quand j'y pense, avoir cinq ordinateurs, c'est un peu craignos. Certes, Shady Creek est une banlieue morne, mais quand même. On fait une chasse au trésor sur Facebook.

— À toi, papa, lance Alice.

— D'accord… dit-il. Quelqu'un en voyage sous les tropiques.

— Trouvé, déclare ma mère en faisant pivoter son ordinateur pour nous montrer des photos. Là, et là. À mon tour. Une rupture.

Quelques minutes de silence s'écoulent tandis que nous déroulons nos fils d'actualité. Nora a une prise.

— Amber Wasserman, annonce-t-elle. « Je croyais te connaître. G dû me tromper. Un jour tu repenseras à toussa & tu verras ce ke t'as jeté. »

— J'appellerais ça une rupture implicite, dis-je.

— Ça compte.

— Mais on pourrait l'interpréter de façon littérale, dis-je. Genre, elle lui reproche d'avoir jeté son iPhone à elle.

— De la pure logique Simon, ça, rétorque Alice. Je ne suis pas d'accord. À toi, Boop. Ton tour.

C'est mon père qui a inventé la « logique Simon », un concept dont je n'arrive pas à me dépêtrer. Cela décrit une tendance à prendre ses désirs pour des réalités, en s'appuyant sur des preuves contestables.

— Okay, dit Nora. Le contraire. Un couple insupportablement cucul la praline.

Un choix intéressant de la part de Nora, qui n'a jamais exprimé le moindre intérêt pour tout ce qui concerne la romance. Et c'est drôle : je me rends soudain compte que la plupart de mes amis sont célibataires en ce moment. Non que mes amis soient du genre insupportablement cucul la praline, de toute façon.

— Okay, j'ai trouvé, dis-je. Carys Seward. « Tellement comblée d'avoir Jaxon Wildstein dans ma vie. Cette soirée était parfaite. Je t'M tellement bb. » Smiley clin d'œil.

— Dégueu, dit Nora.

— C'est ta Carys, Bub ?

— Je n'ai pas de Carys.

Mais je sais ce que veut dire Alice. Je suis sorti avec Carys pendant presque quatre mois au printemps dernier. Même si aucune de nos « soirées » n'a atteint ce genre de perfection.

Et pourtant, c'est dingue mais, pour la première fois de ma vie, je comprendrais presque le sentiment. C'est étrange, un peu dégueu, sans parler du petit smiley béat qui verse dans le too much. Mais voilà. Peut-être que je perds les pédales, parce que tout ce que ça m'évoque en cet instant précis, c'est le fait que depuis peu, Blue « m'embrasse » à la fin de ses e-mails.

Je nous verrais bien passer une nuit parfaite un de ces quatre. Et je parie que, moi aussi, j'aurais envie de le crier sur les toits.

Je rafraîchis mon navigateur.

— À moi. Bon. Quelqu'un de juif, dis-je, avec un post sur Noël.

Mon petit ami épistolaire juif épiscopalien, par exemple. Je me demande ce qu'il fait en ce moment.

— Pourquoi est-ce que Nick ne poste jamais rien ? demande Nora.

Parce qu'il trouve que Facebook est le plus bas dénominateur commun en termes de discours social. Même s'il aime parler des réseaux sociaux comme d'un médium de construction et de performance de l'identité. Pour ce que ça peut vouloir dire.

— Trouvé ! Jana Goldstein. « Programme ciné dans une main, menus de restauration à emporter dans l'autre. Prête pour demain. Joyeux Noël, les juifs ! »

— Qui est Jana Goldstein ? demande ma mère.

— Une fille de Wesleyan, dit Alice. Okay. Un post qui parle d'avocats.

Quelque chose la distrait. Son téléphone, qui vibre.

— Désolée. J'en ai pour un instant.

— Des avocats ? Alice, t'as perdu la tête ? demande Nora. Ça donne une longueur d'avance à papa !

— Je sais. Il me fait pitié, lance-t-elle par-dessus son épaule avant de disparaître dans l'escalier et de murmurer un « salut » à son téléphone.

L'instant d'après, la porte de sa chambre claque.

— J'en ai un ! s'exclame mon père, radieux.

Il est généralement dernier à notre jeu, car il doit avoir une douzaine d'amis Facebook en tout.

— Bob Lepinski. Bonnes fêtes de fin d'année à vous et à vos proches de la part du cabinet Lepinski & Willis.

— Bien joué, papa, dit Nora avant de me regarder. À qui elle parle ?

— Comment veux-tu que je sache ?

Alice reste deux heures au téléphone. Du jamais vu.

La chasse au trésor tourne court. Nora se pelotonne sur le canapé, son ordinateur sur les genoux, et nos parents se retirent dans leur chambre. J'aime mieux ne pas imaginer ce qu'ils mijotent. Pas après ce que le père et la belle-mère de Blue ont commis. Bieber chouine dans l'entrée.

Mon téléphone vibre. Texto de Leah : *On est devant ta porte.* Leah n'aime pas frapper. Je crois que les parents l'intimident.

Je me dirige vers la porte, où je trouve Bieber debout sur ses pattes arrière, prêt à rouler des pelles à Leah à travers la vitre.

— Assis, dis-je. Allez, Bieb.

L'attrapant par le collier, j'ouvre la porte en grand. Il fait froid mais beau dehors, et Leah porte un bonnet de laine noire à oreilles de chats. Nick, un peu gêné, reste en retrait.

— Salut, dis-je en tirant Bieber sur le côté pour les laisser passer.

— On pensait aller se balader, en fait, explique Leah.

Je la regarde. Sa voix est un peu bizarre.

— Okay, dis-je. Je vais m'habiller, je reviens.

Je porte toujours mon pyjama orné de golden retrievers.

Cinq minutes plus tard, me revoilà, en jean et hoodie, Bieber au bout d'une laisse. On passe la porte.

— Alors, quoi, vous vouliez juste marcher un peu ? je demande finalement.

Ils échangent un regard.

— Ouais, répond Nick.

Les sourcils haussés, j'attends de voir s'il va en dire plus, mais il détourne le regard.

— Comment ça va, toi, Simon ? me demande Leah de sa voix étrangement douce.

Je m'arrête net. On est toujours dans l'allée devant la maison.

— Qu'est-ce qui se passe ?

— Rien.

Elle triture les pompons qui pendent à son bonnet. Nick fixe la rue.

— On voulait juste voir si t'avais envie de parler.

— À quel sujet ?

Bieber se rapproche de Leah et s'assied devant elle, les yeux levés, suppliants.

— Pourquoi tu me regardes comme ça, mon cœur ? demande-t-elle en lui ébouriffant les oreilles. Je n'ai pas de gâteau pour toi.

— De quoi est-ce que vous vouliez parler ?

On ne marche pas. On est debout sur le trottoir. Je me balance d'un pied sur l'autre.

Leah et Nick échangent un nouveau regard. Révélation.

— Oh, sans blague. Vous êtes ensemble.

— Quoi ? s'exclame Leah, rouge comme une pivoine. Non !

Je dévisage Leah, puis Nick, puis Leah encore.

— Vous n'avez…

— Simon. Non. Arrête.

Non seulement elle n'ose pas regarder Nick, mais elle est carrément penchée dans la direction opposée, le visage pressé contre le museau de Bieber.

— Bon, de quoi on parle alors ? Qu'est-ce qui se passe ?

— Euh… dit Nick.

Leah se redresse brusquement.

— Okay. J'y vais. Joyeux Noël, les mecs. Joyeux Hanukkah. Et cætera.

Elle m'adresse un bref salut. Avant de se pencher une nouvelle fois pour laisser mon chien l'embrasser sur la bouche. Et de disparaître.

On reste debout en silence un moment, Nick et moi.

— C'est fini, Hanukkah, dit-il finalement.

— Qu'est-ce qui se passe, Nick ?

— Écoute... t'inquiète.

Avec un soupir, il contemple la silhouette de Leah qui s'évanouit au bout de la rue.

— Elle est garée chez moi. Je ferais bien de lui laisser une minute d'avance, afin de ne pas avoir l'air de la suivre.

— Tu peux entrer. Mes parents s'en tapent. Alice est à la maison.

— Ah oui ? dit-il en jetant un regard vers la porte. Je ne sais pas. Je crois que je vais juste...

Il se tourne vers moi, et là, je le vois sur son visage. Je connais Nick depuis l'âge de quatre ans. Jamais je ne lui avais encore vu cette expression.

— Écoute.

Il pose une main sur mon bras. Je baisse le regard. C'est plus fort que moi. Nick ne me touche jamais.

— Passe de bonnes fêtes, Simon. Vraiment.

Puis il retire sa main, me fait signe, et remonte la rue d'un pas lourd à la suite de Leah.

La tradition familiale exige que notre menu de réveillon se compose de pain perdu à la façon de ma grand-mère : d'épaisses tranches de challah vieillies d'un jour pour une absorption maximale, gorgées d'œuf et cuites dans une tonne de beurre dans des poêles partiellement recouvertes. Lorsque ma grand-mère les prépare, elle ne cesse de bouger les couvercles et de retourner le pain et d'en faire tout un plat (dans le genre grand-mère elle est assez hardcore). Le résultat n'est jamais aussi crémeux lorsque c'est mon père qui le fait, mais on se régale quand même.

On mange à table, dans le service nuptial de nos parents, et ma mère sort la pièce de table qui tournoie comme un ventilateur lorsqu'on allume une bougie en dessous. Totalement hypnotique. Alice baisse la lumière, maman sort les serviettes en tissu, tout fait extrêmement classe.

Mais c'est étrange. On ne se croirait pas vraiment au réveillon de Noël. Il manque quelque chose, une étincelle, je ne sais pas quoi.

C'est ce que j'ai ressenti toute la semaine, sans le comprendre. Je ne sais pas pourquoi tout me semble si différent cette année. Peut-être parce qu'Alice n'était pas là l'an dernier ? À moins que ce ne soit parce qu'à chaque minute, je me consume pour un garçon qui n'a même pas envie de me rencontrer. Ou qui n'est « pas prêt » à me rencontrer. Et qui, pourtant, « m'embrasse » à la fin de ses mails ? Je ne sais pas… Je ne sais pas.

En cet instant, tout ce que je demande, c'est que l'esprit de Noël revienne. J'ai envie d'éprouver des sensations familières.

Après le dîner, mes parents lancent *Love Actually* et s'installent sur la causeuse, Bieber coincé entre eux. Alice disparaît une nouvelle fois avec son téléphone. Nora et moi, on se cale un moment à nos extrémités respectives du canapé. Mon regard se perd dans les lumières du sapin. Si je plisse les paupières, tout semble brillant et flou, et je retrouve presque les sensations dont j'ai souvenir. Mais c'est peine perdue. Je monte donc dans ma chambre pour me vautrer sur mon lit et écouter de la musique au hasard.

Trois morceaux plus loin, on frappe à ma porte.

— Simon ?

C'est Nora.

— Quoi ?

— J'entre.

Je me redresse à moitié contre les oreillers et lui adresse un regard vaguement mauvais. Elle entre quand même, pousse mon sac hors de mon fauteuil. Et puis s'assied, les jambes repliées et les bras autour des genoux.

— Eh, dit-elle.

— Qu'est-ce que tu veux ?

Elle me regarde derrière ses lunettes — elle a déjà retiré ses lentilles de contact. Les cheveux rassemblés dans une queue-de-cheval négligée, elle a enfilé un T-shirt de Wesleyan, et c'est fou à quel point elle ressemble à Alice, à présent.

— J'ai un truc à te montrer, dit-elle en faisant pivoter le fauteuil face à mon bureau pour ouvrir mon ordinateur.

— Tu te fiches de moi ?

Je bondis. Sérieux. Elle ne s'imagine tout de même pas que je vais lui donner libre accès à mon ordi.

— Bon, très bien, comme tu voudras. Fais-le toi-même.

Elle débranche le portable et roule avec le fauteuil jusqu'au lit pour me le tendre.

— Qu'est-ce que je dois regarder, au juste ?

Elle aspire ses lèvres avant de reposer les yeux sur moi.

— Va sur le Tumblr.

— Creeksecrets, tu veux dire ?

Elle acquiesce. Il est dans mes signets.

— C'est en train de charger, dis-je. Okay. J'y suis. C'est quoi le problème ?

— Je peux m'asseoir avec toi ?

Je la regarde.

— Sur le lit ?

— Oui.

— Euh, d'accord.

Elle s'installe à mes côtés et scrute l'écran.

— Descends.

Je m'exécute. Puis m'arrête.

Nora se tourne vers moi.

Oh, bordel de merde.

— Ça va aller ? demande-t-elle d'une voix douce. Je suis désolée, Sim. Je me suis dit qu'il valait mieux que tu sois au courant. Je suppose que ce n'est pas toi qui l'as posté.

Je secoue la tête lentement.

— En effet, dis-je.

24 Décembre, 10H15

Invitation ouverte à tous les mecs de la part de Simon Spier

Chers tous les mecs de Creekwood,

Je déclare par la présente que je suis suprêmement gay et ouvert à toutes les propositions. Les parties intéressées peuvent entrer en contact direct avec ma personne pour discuter d'un arrangement en vue d'enculades anales. Ou de taillage de pipes. Bleu-bites s'abstenir. Mesdemoiselles, inutile de postuler. J'ai dit.

— Je l'ai signalé, dit Nora. Le post va être retiré.

— Mais il a déjà été vu.

— J'en sais rien… (Elle se tait un instant.) Qui pourrait poster une chose pareille ?

— Un crétin qui ne sait même pas qu'« enculade anale » est un pléonasme.

— Quelle merde, dit-elle.

Évidemment que je connais l'identité du coupable. Et sans doute devrais-je le remercier de ne pas avoir inclus une de ses foutues captures d'écran. Mais, honnêtement ? Cette petite allusion bien perverse à Blue fait de lui le plus grand, le plus caverneux des trouducs qui aient jamais existé.

Oh bon sang, et si Blue voit ça ?

Je referme l'ordi et le jette sur le fauteuil. Avant de me laisser aller contre la tête de lit. Nora remonte à côté de moi. Les minutes s'écoulent.

— Enfin, c'est vrai, dis-je finalement, sans la regarder. (On fixe le plafond tous les deux.) Je suis gay.

— Je m'en doutais, dit-elle.

Là, je la regarde.

— Vraiment ?

— D'après ta réaction. Je ne sais pas. (Elle bat des paupières.) Alors, qu'est-ce que tu vas faire ?

— Attendre qu'ils retirent le post. Qu'est-ce que je peux faire d'autre ?

— Mais tu vas le dire autour de toi ?

— Je crois que Nick et Leah l'ont déjà lu.

Nora hausse les épaules.

— Tu pourrais démentir.

— Il n'en est pas question. Je n'ai pas honte.

— Okay, d'accord, je ne savais pas. Tu n'en as jamais rien dit.

Oh, bon sang. Sérieux ?

Je me redresse.

— Tu sais quoi ? Tu ne sais vraiment pas de quoi tu parles.

— Pardon ! Merde, Simon. J'essaie juste de… (Elle me regarde.) Enfin, bien sûr que tu n'as pas à en avoir honte. Tu le sais, non ? Et je pense que la plupart des gens n'auraient pas de problème avec ça.

— Je ne sais pas ce que pensent la plupart des gens.

Elle réfléchit.

— Tu vas en parler aux parents ? Et à Alice ?

— Je ne sais pas. (Soupir.) J'en sais rien.

— Ton téléphone n'arrête pas de vibrer, dit-elle en me tendant l'appareil.

Cinq textos d'Abby.

Simon, tt va bi1?

Appelle-moi qd tu peux, ok?

Bon. Je sais pas comment te le dire, ms tu devrais regarder le Tumblr. Je t'aime.

Je te jure que je ne l'ai dit à personne. Jamais de la vie. Je t'aime, ok?

Tu m'appelles?

Puis c'est Noël. Avant, je me réveillais chaque année à 4 heures du matin, pris d'une fringale de cadeaux. J'avais beau sonder méticuleusement la maison à la recherche d'indices (et, croyez-moi, j'étais extrêmement méticuleux), le Père Noël était un ninja. Il réussissait toujours à me surprendre.

On dirait que j'ai eu droit à une surprise exceptionnelle cette année. Joyeux Noël de mes deux à toi aussi, Martin.

À 7 h 30, je descends, l'estomac noué. Les lumières sont encore éteintes, mais le sapin brille de mille feux dans le salon baigné de soleil matinal. Cinq souliers débordant de cadeaux sont alignés contre les coussins du canapé, trop lourds pour être accrochés au manteau de la cheminée. Seul Bieber est déjà debout. Je le sors pour qu'il se soulage vite fait et lui donne son petit déjeuner avant de m'allonger avec lui sur le canapé pour attendre.

Je sais que Blue est à l'église avec sa mère et ses cousins en ce moment. Ils y étaient hier soir, aussi. En gros, il a dû passer plus de temps à l'église en deux jours que moi en toute une vie.

C'est drôle. Je ne pensais pas en faire tout un plat. Mais je crois que j'aimerais encore mieux être à l'église qu'ici, à faire ce que je m'apprête à faire.

Lorsque sonnent 9 heures, tout le monde est debout, le café chauffe, et on mange des cookies pour le petit déjeuner. Alice et Nora lisent je ne sais quoi sur leurs téléphones portables. Je me sers un mug de café avec double ration de crème et de sucre. Maman me regarde touiller.

— Je ne savais pas que tu buvais du café.

Voilà, ce genre de remarque. Elle ne peut pas s'en empêcher. Lui non plus, d'ailleurs. Ils me rangent dans une boîte et, dès que j'essaie de pousser le couvercle, ils le rabattent brutalement. Comme si je n'avais pas droit au moindre début de changement.

— Et pourtant si.

— Okay, dit-elle en brandissant les mains comme pour calmer un cheval emballé. Pas de panique, Sim. Ça change, c'est tout. J'essaie simplement de suivre.

Si le fait que je bois du café lui apparaît comme un scoop, je sens que la matinée va être sympa, dis donc.

On se tourne vers les cadeaux. Blue m'a expliqué que chez lui, on ouvre les paquets un par un, chacun son tour, sous le regard de tous les cousins et autres membres de la famille. Au bout de quelques tours, ils s'arrêtent un moment pour manger ou je ne sais quoi. C'est tellement civilisé. Il leur faut tout un après-midi pour déballer leurs cadeaux.

Chez les Spier, c'est une autre histoire. Alice se tortille sous le sapin pour nous passer sacs et boîtes, et tout le monde parle en même temps.

— Un étui de Kindle ? Mais je n'ai même pas...

— Ouvre d'abord l'autre, trésor.

— Oh, du café Aurora !

— Non, dans l'autre sens, Boop. C'est la mode à Wesleyan.

Au bout de vingt minutes, on croirait qu'un geyser de papier a jailli au milieu du salon. Je suis assis par terre, devant le canapé, les cordons de mes nouveaux écouteurs entortillés autour des doigts. Bieber joue avec un ruban qu'il mordille, coincé entre ses pattes. Tout le monde est plus ou moins étalé sur un des meubles de la pièce.

C'est le moment ou jamais.

Enfin, si cela ne tenait qu'à moi, ce moment n'aurait pas lieu du tout. Pas maintenant, en tout cas. Pas tout de suite.

— Eh. J'ai un truc à vous dire.

J'essaie de la jouer cool, mais j'ai la voix embrumée. Nora me regarde avec un minuscule sourire fugace, et mon estomac fait un soubresaut.

— Qu'y a-t-il ? demande ma mère en se redressant sur son siège.

Je ne sais pas comment les gens s'y prennent. Comment Blue s'y est pris. Trois mots. Trois petits mots à la con, et je ne serai plus le même Simon. La main sur la bouche, je regarde droit devant moi.

Comment ai-je pu croire que ça serait facile ?

— Je sais ! lance mon père. Laisse-moi deviner. Tu es gay. Tu as mis une fille en cloque. Toi, tu es en cloque.

— Papa, arrête, dit Alice.

Je ferme les yeux.

— Je suis en cloque, dis-je.

— J'en étais sûr, dit mon père. Tu es resplendissant.

Je le regarde droit dans les yeux.

— Non, sérieux. Je suis gay.

Trois mots.

Tout le monde se tait un instant.

Puis ma mère murmure :

— Mon chéri. C'est… mon Dieu, c'est… merci de nous l'avoir dit.

Puis Alice lance :

— Waouh, Bub. Bien joué.

Puis mon père dit :

— Gay, hein ?

Puis ma mère continue :

— Alors, explique-moi.

Une de ses répliques favorites, en tant que psychologue. Je la regarde avec un haussement d'épaules.

— Nous sommes fiers de toi, ajoute-t-elle.

Puis mon père glisse avec un sourire :

— Alors, qui est la coupable ?

— Coupable de quoi ?

— De t'avoir dégoûté des filles ! Celle avec les sourcils ? Le mascara ? Ou les dents de lapin ?

— Papa, ce que tu peux être répugnant ! lance Alice.

— Quoi ? J'essaie juste de détendre l'atmosphère…
Simon sait bien qu'on l'aime.

— C'est pas avec tes commentaires hétérosexistes que
tu vas détendre l'atmosphère !

C'est plus ou moins ce à quoi je m'attendais, je
suppose : ma mère m'interroge sur mon ressenti, papa
tourne ça à la blague, Alice la joue politique et Nora
se garde de tout commentaire. Le prévisible a quelque
chose de réconfortant et, dans le genre prévisible, ma
famille est championne.

Je me sens épuisé et malheureux, pourtant. Je m'attendais à être soulagé d'un poids. Mais c'est comme tout le
reste cette semaine. Étrange, dissonant, surréaliste.

— Tu parles d'un scoop, Bub, dit Alice qui m'a suivi
jusque dans ma chambre.

Fermant la porte derrière elle, elle s'assied en tailleur
au bout de mon lit. Je m'effondre, le visage enfoui dans
l'oreiller.

— Eh, dit-elle en se penchant sur le côté pour se
mettre à mon niveau. C'est cool, tu sais. Il n'y a pas de
quoi se lamenter.

Je l'ignore.

— Je ne partirai pas, Bub. Parce que je sais que tu
vas broyer du noir. Tu vas mettre cette playlist, là…
comment elle s'appelle, déjà ?

— *La Grande Dépression*, marmonné-je.

Un mix 100 % Elliott Smith, Nick Drake et les
Smiths. Mon iPod est déjà dessus.

— C'est ça, dit-elle. *La Grande Dépression*. Un vrai festival du rire ! Hors de question.

— Pourquoi t'es là ?

— Parce que je suis ta grande sœur, et que tu as besoin de moi.

— Tout ce dont j'ai besoin, c'est qu'on me foute la paix.

— Pas d'accord. Parle-moi, Bub !

Elle s'immisce entre le mur et moi.

— C'est trop cool. On va pouvoir parler mecs !

— Okay, dis-je en me hissant sur le lit pour reprendre une position assise. Dans ce cas, parle-moi de ton copain.

— Minute, dit-elle. Qu'est-ce que tu racontes ?

Je la regarde.

— Les coups de fil. Cette manie de disparaître dans ta chambre pendant des heures. Voyons !

— Je croyais qu'on était là pour parler de ta vie amoureuse, dit-elle en rougissant.

— Donc moi je me coltine le grand cirque du coming out où tout le monde se met à débattre du sujet devant moi. Le jour de Noël, quoi, merde. Et toi tu refuses de me dire que tu as un copain ?

Elle reste silencieuse un moment. Je la tiens, je le sais. Elle soupire.

— Qu'est-ce qui te dit que ce n'est pas une copine ?

— C'est le cas ?

— Non, admet-elle en s'adossant contre le mur. Un copain.

— Comment il s'appelle ?

— Theo.

— Il est sur Facebook ?

— Oui.

J'ouvre l'appli sur mon téléphone et me mets à parcourir sa liste d'amis.

— Oh, bon sang. Arrête ! dit-elle. Simon, sérieux. Arrête tout de suite.

— Pourquoi ?

— Parce que c'est exactement pour ça que je ne voulais pas vous en parler. Je savais que vous alliez réagir comme ça.

— Comment ?

— En me criblant de questions. En le harcelant en ligne. En le critiquant parce qu'il aime la tarte ou qu'il est barbu, que sais-je.

— Il est barbu ?

— Simon…

— Désolé, dis-je en déposant mon téléphone sur la table de nuit.

Je la comprends. Je la comprends si bien, en fait.

Le silence s'installe un moment.

— Je vais leur dire, annonce-t-elle finalement.

— C'est comme tu le sens.

— Non, tu as raison. Je n'essaie pas de… je ne sais pas. (Nouveau soupir.) Après tout, si tu as eu le cran de leur annoncer que tu étais gay, je devrais…

— Tu devrais avoir le cran de déclarer ton hétérosexualité.

Elle esquisse un sourire.

— Quelque chose dans ce goût-là, oui. T'es marrant, Bub.

— J'essaie.

CHAPITRE VINGT

À : bluegreen118@gmail.com
DE : hourtohour.notetonote@gmail.com
ENVOYÉ LE 25/12 À 17 H 12
OBJET : Quel cauchemar...

Blue,

Je viens officiellement de passer le Noël le plus bizarre, le plus affreux de toute ma vie, et le pire c'est que je ne peux même pas tout te raconter. Ce qui est vraiment nul. Donc, ouais. En gros, toute ma famille est maintenant au courant de mon homosexualité, et ce sera bientôt le cas de l'univers entier. C'est à peu près tout ce que je peux t'en dire.

Alors, c'est ton tour de me distraire, d'accord ? Donne-moi des nouvelles de Little Fœtus, ou des terrifiantes sexcapades de tes parents, ou redis-moi combien tu me trouves craquant. Dis-moi si ta consommation excessive de dinde te donne des haut-le-cœur. Sais-tu que tu es la seule personne de ma connaissance qui dise avoir des « haut-le-cœur » et non « la gerbe » ? J'ai enfin googlisé le terme, pour découvrir qu'il est bien invariable. Évidemment que tu as raison.

Enfin, je sais que tu pars pour Savannah demain, mais je prie sincèrement pour que ton père ait l'Internet, car je ne sais pas si mon petit cœur supporterait d'attendre une semaine avant de recevoir une réponse de toi. Tu devrais me donner ton numéro pour que je t'envoie des textos. Je te promets qu'ils seront raisonnablement au point, niveau grammaire.

En tout cas, je te souhaite un joyeux Noël, Blue. Sincèrement. Et j'espère que tout le monde te fichera la paix ce soir parce que, franchement, ça fait beaucoup trop d'obligations familiales. Qui sait ? Peut-être que l'année prochaine on pourrait s'évader et passer Noël ensemble, quelque part, très loin, là où nos familles ne pourraient nous retrouver.

Je t'embrasse,

Jacques

À : hourtohour.notetonote@gmail.com
DE : bluegreen118@gmail.com
ENVOYÉ LE 25/12 À 20 H 41
OBJET : Quel cauchemar...

Oh, Jacques, je suis vraiment désolé. Je ne peux imaginer quelles circonstances mystérieuses pourraient révéler ton orientation à l'univers tout entier, mais cela ne semble guère plaisant, et je sais que ce n'est pas ce que tu souhaitais. Si seulement je pouvais faire quelque chose...

Pas de nouvelles de Little Fœtus, mais je peux te dire que je ressens de sérieux « haut-le-cœur » en voyant le terme de

« sexcapade » associé à mes parents. Et, oui, je te trouve craquant. C'est insensé comme tu es craquant. Je crois que je passe un peu trop de temps à penser à quel point tu es craquant dans tes e-mails et à essayer de transposer ça dans une image mentale viable dans mes rêveries et autres.

Mais cette histoire de textos... Ooooh... je ne sais pas. Mais tu n'as pas de souci à te faire. L'Internet est partout à Savannah. Tu ne te rendras même pas compte de mon absence.

Je t'embrasse,

Blue

À : bluegreen118@gmail.com
DE : hourtohour.notetonote@gmail.com
ENVOYÉ LE 26/12 À 13 H 12
OBJET : Rêveries... et autres

Plus spécifiquement, « et autres ». Mais encore ?
Je t'embrasse,

Jacques

P.S. : Sérieux. ET AUTRES ?

À : hourtohour.notetonote@gmail.com
DE : bluegreen118@gmail.com
ENVOYÉ LE 26/12 À 22 H 42
OBJET : Re : Rêveries... et autres

Et… je crois que je vais m'abstenir de tout commentaire. :)
Je t'embrasse,

                                                    Blue

CHAPITRE VINGT ET UN

Samedi après Noël. Le Waffle House est bourré à craquer de personnes âgées, de gosses et de types assis au comptoir, plongés dans la lecture de leur journal. Les gens adorent prendre leur petit déjeuner ici. Autant dire qu'il s'agit d'un restaurant à petit déjeuner. Nos parents font la grasse matinée, alors il n'y a que mes sœurs et moi, coincés contre le mur, attendant une table.

Vingt minutes qu'on patiente, les yeux rivés sur nos téléphones portables. C'est alors qu'Alice lance un, « Oh, ça alors ». Elle fixe un type assis dans un box à l'autre bout de la pièce. Il lève la tête et lui fait signe avec un sourire. Son physique m'est étrangement familier : dégingandé, des cheveux bruns bouclés.

— Est-ce…

— Non, Simon. C'est Carter Addison. Il a fini le lycée un an avant moi. Un garçon adorable. D'ailleurs, tu devrais peut-être lui parler, Bub, parce que…

— Mouais. Je m'en vais, dis-je.

Parce que je viens de comprendre pourquoi la tête de Carter Addison me disait quelque chose.

— Quoi ? Mais pourquoi ?

— Parce que.

Je lui tends la main pour qu'elle me donne les clefs de la voiture. Puis quitte le restaurant.

Assis derrière le volant, mon iPod branché et le chauffage à fond, j'essaie de choisir entre Tegan and Sara et Fleet Foxes. C'est alors que la portière côté passager s'ouvre pour laisser entrer Nora.

— Ben alors, c'est quoi ton problème ? demande-t-elle.

— Rien.

— Tu le connais, ce type ?

— Quel type ?

— Celui à qui Alice est en train de parler.

— Non.

Nora me fixe.

— Dans ce cas, pourquoi tu t'es enfui en le voyant ?

Je ferme les yeux, calé contre l'appui-tête.

— Je connais son frère, dis-je.

— C'est qui ?

— Tu sais, le post sur Creeksecrets ?

Elle écarquille les yeux.

— Celui sur…

— Ouaip.

— Mais pourquoi il écrirait un truc pareil ? demande-t-elle.

Je hausse les épaules.

— Parce que Abby lui plaît, que c'est un crétin fini et qu'il croit qu'elle me kiffe. Je ne sais pas. C'est un peu compliqué.

— Mais quel connard ! s'exclame Nora.

— Ouaip, dis-je en la dévisageant.

Elle ne dit jamais de gros mots.

On frappe bruyamment à la vitre. Je sursaute et me retrouve nez à nez avec une Alice furieuse, son visage pressé contre la glace.

— Dégage, intime-t-elle. C'est moi qui conduis.

Je m'installe sur la banquette arrière. Peu importe.

— Alors, tu veux bien m'expliquer ? demande-t-elle en me lançant un regard assassin dans le rétroviseur tandis qu'elle sort du parking.

— Je n'ai pas envie d'en parler.

— Eh bien sache que je n'en menais pas large quand il a fallu expliquer à Carter pourquoi mon frère et ma sœur se sont taillés en le voyant, grommelle-t-elle en prenant Roswell Road. Son frère était là, Bub. Un gamin de ta classe. Marty. Il a l'air sympa.

Je m'abstiens de tout commentaire.

— Et j'avais vraiment envie d'une gaufre ce matin, ajoute-t-elle, maussade.

— Lâche-le, Allie, dit Nora.

Moment de gêne. Tenir tête à Alice : encore une première, venant de Nora.

Le reste du trajet se fait en silence.

— Simon, le réfrigérateur au sous-sol. Pas tout à l'heure. Pas dans une minute. Maintenant, ordonne ma mère. Ou j'annule la soirée.

— Maman. C'est bon. Je m'en occupe.

Non mais sérieux. Je ne sais pas où elle est allée chercher l'idée qu'il s'agissait d'une soirée.

— Tu te rends compte que Nick, Leah et Abby sont tous déjà venus genre cinq millions de fois ?

— Certes, dit-elle, mais cette fois, j'exige que le sous-sol soit présentable si tu ne veux pas fêter le Nouvel An sur le canapé, coincé entre ton père et moi.

Je marmonne :

— On pourrait aller chez Nick.

Déjà au milieu de l'escalier, elle se retourne pour me regarder dans les yeux.

— Hors de question. Et, en parlant de Nick, j'en ai discuté avec ton père, et nous aimerions revenir avec toi sur les mesures à prendre lorsqu'il viendra dormir ici. Je ne m'inquiète pas pour ce soir, puisque les filles seront présentes, mais à l'avenir…

— Oh bon sang, maman, arrête ! Je refuse de parler de ça maintenant.

Nom de Dieu. À l'entendre, on croirait qu'on ne peut pas rester dans la même pièce, Nick et moi, sans que ça vire à la partouze frénétique.

Tout le monde arrive vers 18 heures, et on finit empilés sur le canapé du sous-sol à regarder des rediffusions de *The Soup* en mangeant de la pizza. Notre sous-sol est une sorte de capsule temporelle ornée d'une moquette beige hirsute et d'étagères remplies de Barbie, de Power Rangers et de Pokémon. Il y a aussi une salle de bains et une petite buanderie avec un réfrigérateur. Très douillet et parfaitement génial.

Leah occupe une extrémité du canapé, puis il y a moi, Abby… et Nick à l'autre bout, qui gratte la vieille guitare de Nora. Bieber chouine en haut de l'escalier, on entend des pas au-dessus de nos têtes, Abby déblatère au sujet de Taylor, laquelle a apparemment dit un truc agaçant. J'essaie de rire aux bons moments. Je me sens un peu surexcité. Leah, elle, se concentre sur la télévision. Trop.

Lorsqu'on a fini de manger, je cours ouvrir à Bieber, qui dérape dans l'escalier avant de jaillir dans la pièce tel un boulet de canon.

Nick coupe le son du téléviseur et joue une lente version acoustique de *Brown Eyed Girl*. Les piétinements au-dessus s'interrompent et quelqu'un murmure « Waouh, magnifique ». C'est une des amies de Nora. La voix chantée de Nick a un effet surnaturel sur les filles de seconde.

Notre chanteur est assis très, très près d'Abby sur le canapé, et je sens presque les ondes de panique émanant de Leah. Elle est installée par terre, comme moi, et ensemble on gratte le ventre de Bieber. Elle n'a pas pipé mot.

— Regarde-moi ce clébard, dis-je. Aucune gêne. On dirait qu'il nous dit « vas-y, tripote-moi ».

Je ressens un étrange besoin de me montrer particulièrement joyeux et loquace.

Pour seule réponse, Leah continue de caresser le ventre de Bieber.

— Il a une bouche en bouteille de Coca, fais-je remarquer.

Elle me fixe.

— C'est bien la première fois que j'entends ça.

— Ah bon ?

Parfois, j'oublie la différence entre les blagues made in Spier et le reste.

Puis, comme ça, sans crier gare ni changer de ton, elle lance :

— Alors comme ça ils ont retiré le post.

— J'ai vu, dis-je avec un soubresaut à l'estomac.

Je n'ai pas encore discuté de l'incident Tumblr avec Nick et Leah, même si je sais qu'ils ont vu le billet.

— On n'est pas obligés d'en parler, tu sais, dit Leah.

— Ça ne me dérange pas.

Je jette un regard vers le canapé. Abby est confortablement installée contre les coussins, les yeux clos, un sourire sur les lèvres. La tête tournée vers Nick.

— Est-ce que tu sais qui l'a écrit ? demande Leah.

— Oui.

Elle me regarde, dans l'expectative. J'ajoute :

— Peu importe.

Le silence s'installe un moment. Nick cesse de jouer, mais il continue de fredonner en tapant le rythme sur le corps de la guitare. Leah s'entortille les cheveux une minute avant de les laisser retomber le long de ses seins. Je la regarde, en évitant ses yeux.

— Je sais que la question te brûle les lèvres, dis-je finalement.

Elle hausse les épaules avec un léger sourire.

— Je suis gay. Ça, au moins, c'est vrai.

— Okay, dit-elle.

Je me rends soudain compte que Nick a cessé de fredonner.

— Mais je ne veux pas en faire un plat ce soir, d'accord ? Je ne sais pas... De la glace, ça vous dit ?

Je me lève.

— Est-ce que tu viens de nous dire que tu es gay ? demande Nick.

— Oui.

— Okay, dit-il. (Abby lui donne une tape sur le bras.) Quoi ?

— C'est tout ce que tu trouves à dire ? « Okay ? »

— Il a dit de ne pas en faire un plat, proteste Nick. Qu'est-ce que tu veux que je dise ?

— Quelque chose pour exprimer ton soutien. Je ne sais pas, moi. Ou tu pourrais lui tenir maladroitement la main, comme je l'ai fait. N'importe.

On échange un regard, Nick et moi.

— Je refuse de te tenir la main, lui dis-je avec un sourire.

— Comme tu voudras, acquiesce-t-il. Mais sache que ça ne me dérangerait pas.

— Ah, voilà qui est mieux ! commente Abby.

Leah, jusque-là silencieuse, se tourne soudain vers elle.

— Simon t'a déjà mise au courant ?

— Il, euh... oui, répond Abby en me lançant un regard paniqué.

— Oh, fait Leah.

Puis le silence.

— Bon, moi je me sers de la glace, dis-je en me dirigeant vers l'escalier.

Dans sa hâte à me suivre, Bieber entre en collision avec mes jambes.

Quelques heures plus tard, alors que la glace a été consommée, que la nouvelle année a enfin débuté et que nos voisins ont épuisé leur stock de feux d'artifice, je contemple le plafond. Notre sous-sol a un plafond en pop-corn, dont la texture, dans le noir, esquisse des silhouettes et des visages. Tout le monde a apporté son sac de couchage mais, au lieu de s'en servir, on a bâti un nid de couvertures, de draps et d'oreillers sur la moquette.

Abby dort à côté de moi, et j'entends les ronflements de Nick quelques mètres plus loin. Leah a les yeux fermés, mais respire normalement. Ce ne serait sans doute pas correct de la secouer pour vérifier. Mais voilà que d'un coup elle roule sur le côté avec un soupir et ouvre les yeux. Je me tourne vers elle en murmurant :

— Coucou.

— Coucou.

— Tu m'en veux ?

— De quoi ? demande-t-elle.

— D'en avoir parlé à Abby d'abord.

Elle reste silencieuse plusieurs secondes, puis :

— Je n'ai pas le droit de t'en vouloir.

— Qu'est-ce que tu racontes ?

— C'est ton choix, Simon.

— Mais tes émotions sont parfaitement légitimes, dis-je.

Car enfin, s'il y a bien une chose que j'ai retenue du fait d'avoir une psychologue pour mère…

— Mais ce n'est pas de moi qu'il s'agit.

Elle se recouche sur le dos, un bras replié sous sa tête. Je ne sais pas quoi dire. Le silence s'installe.

— Essaie de ne pas m'en vouloir, dis-je finalement.

— Pensais-tu que j'allais réagir comme une conne, ou que ça me poserait un problème ?

— Bien sûr que non. Grands dieux, Leah, non. Du tout. Tu es la plus… enfin, c'est toi qui m'as fait découvrir les fanfictions Harry x Draco ! Ça ne m'a même pas traversé l'esprit.

— Okay.

Son autre main repose sur son ventre, par-dessus les couvertures. Je la regarde bouger au rythme de sa respiration.

— À qui d'autre en as-tu parlé, alors ?

— Ma famille, dis-je. Enfin, Nora a vu le post, alors je n'ai pas eu le choix.

— D'accord, mais sinon, à part Abby ?

— Personne, dis-je, avant de fermer les yeux une seconde, en pensant à Blue.

— Dans ce cas, comment ça a atterri sur le Tumblr ? demande-t-elle.

— Ah, oui, ça. (Grimace.) C'est une longue histoire.

En guise de réponse, elle tourne la tête vers moi. Je sens son regard sur mon visage. Je chuchote :

— Je crois que je vais m'endormir.

Mais non. Du tout. Pas avant des heures et des heures.

CHAPITRE VINGT-DEUX

À : hourtohour.notetonote@gmail.com

DE : bluegreen118@gmail.com

ENVOYÉ LE 01/01 À 13 H 19

OBJET : Re : Auld Lang Syne

Jacques,

Mon pauvre zombie. J'espère que tu auras retrouvé le sommeil au moment où je tape ces mots. La bonne nouvelle, c'est qu'il nous reste quatre jours de vacances, que tu devrais entièrement consacrer à dormir et à m'écrire des mails.

Tu m'as manqué hier soir. La fête s'est bien passée. J'étais chez la grand-mère de ma belle-mère, elle doit avoir dans les quatre-vingt-dix ans, aussi étions-nous de retour chez nous, devant la télé, dès 21 heures. Oh, et M. Éveil des Sens était là aussi. Sa femme est enceinte jusqu'aux yeux. Elle a passé le dîner à comparer des photos d'échographie avec ma belle-mère. Notre Little Fœtus a tout l'air d'un adorable petit extra-terrestre à la tête surdimensionnée et aux membres rabougris. On distingue déjà son nez, ce qui est plutôt cool. Hélas, l'épouse de M. Éveil des Sens disposait, elle, d'une image en 3D. Tout ce que je peux te dire, Jacques, c'est qu'il y a des visions d'horreur qui ne s'oublient pas.

Tu as quelque chose de prévu pour la rentrée ?

Je t'embrasse,

Blue

À : bluegreen118@gmail.com
DE : hourtohour.notetonote@gmail.com
ENVOYÉ LE 01/01 À 17 H 31
OBJET : Re : Auld Lang Syne

Un zombie, c'est exactement ça. Je suis dans un de ces états. On rentre tout juste de Target, et je me suis endormi dans la voiture sur le chemin du retour. Par chance, ma mère était au volant. Sauf que Target est à cinq minutes de chez nous. C'est pas fou, ça ? Du coup je me sens tout drôle, groggy, désorienté, et je crois que mes parents aimeraient qu'on dîne tous ensemble ce soir Comme Une Famille Normale.

Beurk.

Toutes mes condoléances pour le coup de l'échographie en 3D, dont tu as si délicatement évité de me donner des détails. Malheureusement, je suis un parfait imbécile incapable de se contrôler face à Google images. Si bien que le traumatisme s'est durablement incrusté dans ma tête. Oh, le miracle de la vie. Je te recommande de chercher « poupées reborn » également. Si si, je t'assure.

Rien de spécial ce week-end, si ce n'est le fait que le moindre objet dans l'univers me fait penser à toi. À Target, tu étais partout. Savais-tu qu'ils vendent d'énormes marqueurs appelés Super Sharpies ? Sans oublier la super glu, évidemment. La Ligue des Justiciers de la papeterie, je te jure. J'étais vraiment à deux doigts d'en acheter, rien que pour t'envoyer par texto des photos de ces superhéros miniatures. Je leur aurais confectionné des capes et tout. Sauf que QUELQU'UN s'obstine à ne pas me donner son numéro.

Je t'embrasse,

Jacques

À : hourtohour.notetonote@gmail.com
DE : bluegreen118@gmail.com
ENVOYÉ LE 02/01 À 10 H 13
OBJET : Reborn

Tu m'ôtes les mots de la bouche. Je viens de lire l'article Wikipédia, et maintenant je regarde les photos. Je n'arrive pas à m'arrêter. Je crois bien que tu as découvert la chose la plus effrayante de tout l'Internet, Jacques.

Et crois-moi, j'ai éclaté de rire en imaginant ta petite Ligue des Justiciers de la papeterie. J'aurais adoré les voir. Mais pour ce qui est des textos... tout ce que je peux faire, c'est t'adresser mes excuses. L'idée même d'échanger nos numéros de téléphone me terrifie. C'est aussi bête. L'idée que tu puisses m'appeler, tomber sur ma messagerie, et DEVINER. Je ne sais pas quoi te dire, Jacques. Je ne suis pas prêt à te révéler mon identité, c'est tout. Je sais que c'est idiot et, honnêtement, on est arrivés à un point où je passe la moitié de mon temps à imaginer comment se déroulerait notre première rencontre. Mais je ne puis imaginer un moyen que cela arrive sans tout bouleverser. Je crois que j'ai peur de te perdre.

Est-ce que ça te semble sensé ? Ne m'en tiens pas rancune.

Je t'embrasse,

Blue

À : bluegreen118@gmail.com
DE : hourtohour.notetonote@gmail.com
ENVOYÉ LE 02/01 À 12 H 25
OBJET : Re : Reborn

J'essaie de comprendre ton point de vue concernant les textos... Tu peux me faire confiance ! Certes, je suis curieux, mais je ne t'appellerai pas si cela te met mal à l'aise. Je ne veux pas en faire tout un plat. Et je ne veux pas qu'on arrête de s'écrire. Simplement, j'aimerais pouvoir t'envoyer des textos, comme tout le monde.

Et OUI, j'aimerais te rencontrer en personne. Et, bien sûr que ça changerait les choses... mais je pense être prêt pour ce changement. C'est peut-être énorme. Je ne sais pas. J'ai envie de connaître le nom de tes amis et de savoir ce que tu fais après les cours, et toutes ces choses que tu ne m'as pas encore dites. J'ai envie d'entendre le son de ta voix.

Mais pas avant que tu sois prêt. Et jamais je ne pourrais t'en vouloir. Tu ne vas pas me perdre. Réfléchis-y. Tu veux bien ?

Je t'embrasse,

Jacques

CHAPITRE VINGT-TROIS

C'est la rentrée et, honnêtement, je songe à passer la journée sur le parking du lycée. C'est difficile à expliquer. Je pensais que tout irait bien. Mais maintenant que je suis là, je n'arrive pas à sortir de la voiture. Je me sens un peu mal, rien que d'y penser.

Nora dit :

— Je doute que qui que ce soit s'en souvienne.

Je hausse les épaules.

— C'est resté en ligne, quoi, trois jours ? Et c'était il y a plus d'une semaine.

— Quatre jours, dis-je.

— Je ne suis même pas sûre que les autres lisent le Tumblr.

Nous pénétrons ensemble dans le préau à l'instant où retentit la première sonnerie. Les élèves se bousculent dans l'escalier. Personne ne semble me prêter une attention particulière — et Nora aura beau me réconforter, je vois bien qu'elle est aussi soulagée que moi. Je me laisse porter par la foule, trouve mon chemin jusqu'à mon casier. Je commence enfin à me détendre un peu.

Quelques personnes me font signe, comme d'habitude. Garrett, de mon groupe de cantine, me salue avec un « Quoi de neuf, Spier ? »

Je jette mon sac à dos dans mon casier et en sors mes livres de littérature et d'allemand. Personne n'a glissé de petit mot homophobe dans les interstices de la porte, ouf. Personne n'a tagué « pédé » non plus, ce qui est encore mieux. Je serais prêt à croire que les choses s'arrangent tout doucement à Creekwood. Ou que personne n'a vu le post de Martin sur Tumblr, finalement.

Martin. Bon sang, je ne veux même pas penser à sa sale gueule. Sauf qu'évidemment on a cours ensemble dès la première heure.

Je ressens comme une appréhension sourde battre dans mes tempes à l'idée de le revoir.

Je m'efforce de respirer, tout simplement.

Alors que je me dirige vers le couloir des langues, un gars de l'équipe de football que je connais à peine me fonce dessus depuis l'escalier. Je fais un pas en arrière pour me stabiliser, mais lui pose une main sur mon épaule et me regarde droit dans les yeux.

— Salut, toi, dit-il.

— Salut…

Puis il m'attrape par les joues et attire mon visage vers le sien comme pour m'embrasser.

— Mouah !

Il sourit, si près de moi que je sens la chaleur de son haleine. Tout autour de moi, les élèves s'esclaffent comme ce con d'Elmo.

Je me dégage brutalement, les joues en feu.

— Où tu cours comme ça, Spier ? lance une voix. McGregor veut sa part !

Tout le monde s'esclaffe de plus belle. Enfin, je ne connais même pas ces types ! Je ne vois pas ce que ça a de si drôle pour eux.

En cours de littérature, Martin évite mon regard.

Mais tout au long de la journée, Leah et Abby se transforment en pitbulls et fusillent des yeux tous ceux qui ont le malheur de me regarder de travers. Honnêtement, c'est plutôt adorable. On évite le désastre total. Certains murmurent en gloussant sur mon passage. D'autres m'adressent de grands sourires dans les couloirs. Qui sait ce que ça veut dire ? Deux lesbiennes que je ne connais ni d'Eve ni d'Adam viennent me trouver devant mon casier pour me serrer dans leurs bras et me donner leurs numéros de téléphone. Et une bonne douzaine de gamins hétéros mettent un point d'honneur à m'exprimer leur soutien. Une fille m'assure que Jésus m'aime quand même.

Ça en fait, de l'attention. J'en ai un peu le vertige.

Au déjeuner, les filles s'emploient à évaluer les cinquante millions de garçons qu'elles pensent dignes de sortir avec moi. Ce qui est parfaitement hilarant, jusqu'au moment où Anna plaisante sur l'homosexualité potentielle de Nick. Ce qui encourage ce dernier à s'étaler sur Abby. Ce qui met Leah en colère.

— On devrait caser Leah, aussi ! propose Abby, et je grince des dents.

J'adore Abby, et je sais qu'elle essaie de détendre l'atmosphère, mais bon sang ! Il y a des moments où elle arrive à dire exactement ce qu'il ne faut pas.

— Va te faire foutre, Abby, rétorque Leah d'un ton horriblement obséquieux.

Elle se lève, des éclairs de rage dans les yeux, et repousse sa chaise sans un mot.

À peine est-elle partie que Garrett et Bram échangent un regard entendu.

Et je ne sais pas pourquoi, mais ça me met hors de moi.

— Si elle te plaît, t'as qu'à lui demander de sortir avec toi, dis-je à Bram, qui s'empourpre immédiatement.

Ça me dépasse. J'en ai franchement ma claque de tous ces hétéros qui ne savent même pas se prendre en main.

Je parviens néanmoins à survivre jusqu'à la répétition. C'est notre premier jour sans texte, et on se lance directement dans le filage des ensembles. Un accompagnateur participe à présent à nos répétitions, tout le monde est très concentré et plein d'énergie. Je suppose qu'on a tous fini par se rendre compte qu'on était à moins d'un mois de la première.

Mais, en plein milieu de l'air du pickpocket, Martin s'arrête soudain de chanter.

Puis Abby s'exclame :

— C'est quoi ce bordel ?

Et tout le monde se regarde en silence. Tout le monde regarde tout le monde, sauf moi. Après une minute de perplexité, je suis enfin le regard d'Abby jusqu'au fond de l'auditorium. Où, devant les doubles hélices, se dressent deux types. Leur tête me dit vaguement quelque chose. Je crois qu'ils étaient dans ma classe de prévention sanitaire l'an dernier. L'un d'entre eux porte un hoodie, de fausses lunettes, une jupe par-dessus son pantalon, et tous deux brandissent d'immenses pancartes.

La première dit : LA FORME, SIMON ?

Et celle que tient le mec en jupe répond : DANS TON CUL !

Les deux crétins se frottent l'un contre l'autre, sous les rires d'autres élèves qui jettent un œil par la porte. Une fille se gondole à s'en tenir l'estomac. Une autre s'exclame :

— Arrêtez, les mecs ! Vous êtes trop débiles...

Mais elle rit, elle aussi.

C'est étrange : je ne rougis même pas. Je regarde, comme si ça se passait à des années-lumière de moi.

Soudain, Taylor Metternich, je vous jure, cette foutue Taylor Metternich dévale les marches sur le côté de la scène et remonte l'allée de l'auditorium, Abby sur les talons.

— Oh, merde, lance le mec en jupe.

Son comparse s'esclaffe. Puis ils s'enfuient en claquant la porte. Taylor et Abby se lancent à leur poursuite. Vacarme de cris et de piétinements. Mme Albright leur court après. On la regarde, impuissants. Je ne sais pas trop comment, je me retrouve assis sur une des estrades, coincé entre deux filles de terminale qui passent leurs bras autour de mes épaules.

Je surprends Martin du coin de l'œil. Il a l'air effondré. Il se couvre le visage des mains.

Quelques minutes plus tard, Abby refait irruption dans l'auditorium, suivie de Mme Albright qui serre Taylor dans ses bras. Taylor est toute rouge et bouffie, comme si elle venait de pleurer. Mme Albright la guide jusqu'au premier rang, où elle la fait asseoir à côté de Cal avant de s'agenouiller devant eux pour leur parler une minute.

Abby marche droit sur moi en secouant la tête.

— Les gens sont des cons, dit-elle.

J'acquiesce faiblement.

— J'ai vraiment cru que Taylor allait casser la gueule d'un de ces types.

— Bien, dit une des terminales, Brianna.

Je demande :

— Tu plaisantes ?

— Je te jure, répond Abby. Moi aussi, j'étais à deux doigts de les frapper.

Je jette un regard furtif à Taylor. Appuyée contre le dossier de sa chaise, les yeux clos, elle se contente de respirer.

— J'espère qu'elle ne va pas avoir de problèmes à cause de moi.

— Je t'arrête tout de suite, Simon. Tu n'y es pour rien ! dit Abby. Ces mecs sont des connards de première.

— Ils ne s'en tireront pas comme ça, décrète Brianna. L'école a une politique de tolérance zéro, non ?

Mais la politique de tolérance zéro de Creekwood envers le bizutage est appliquée avec autant de zèle que le code vestimentaire.

— T'inquiète, dit Abby. À l'heure qu'il est, ils doivent être dans le bureau de Mme Knight. Je crois même que leurs mères ont été convoquées.

Effectivement, quelques instants plus tard, Mme Albright rassemble tout le monde en cercle sur la scène.

— Je suis désolée que vous ayez dû assister à ça. (Ses yeux s'attardent sur moi.) C'était incroyablement insultant et inapproprié, et je veux que vous sachiez que je prends l'affaire très au sérieux.

Elle marque une pause, et je la regarde de plus près. Je me rends compte qu'elle est livide.

— Malheureusement, nous allons devoir nous arrêter pour aujourd'hui, afin que je puisse régler la situation. Je sais que c'est inattendu, et je vous présente mes excuses. On reprend demain.

Puis elle s'approche de moi et s'agenouille devant mon estrade.

— Tout va bien, Simon ?

Je rougis un petit peu.

— Ça va.

— Okay, dit-elle avec douceur. Sache en tout cas que ces salopards vont être suspendus. Je ne plaisante pas. Je le jure sur l'honneur.

On la regarde, Abby, Brianna et moi.

C'est la première fois que j'entends un prof dire un gros mot.

Abby est donc coincée au lycée en attendant son bus, et ça me fait vraiment de la peine. Je ne sais pas. Je me sens un peu responsable de tout ça. Mais elle me dit de ne pas m'en faire, et qu'elle peut tuer le temps en regardant les essais du club de football.

— Je t'accompagne, dis-je.

— Simon, sérieux. Rentre te reposer.

— Qui te dit que je n'ai pas envie de taquiner Nick ?

Elle ne trouve rien à répondre. Ensemble, on coupe par le couloir des sciences et l'escalier du fond en direction de la salle de musique, dont les portes closes laissent filtrer un mélange plutôt génial de batterie et de guitare. On dirait presque des professionnels, si ce n'est que les voix sonnent un peu étranges et aléatoires, comme les voix graves d'une harmonie. Abby danse au rythme du tambour tandis que nous passons devant la salle, puis nous prenons la porte de service pour débouler près des terrains de foot.

Il fait glacial, à se demander comment les footeux tiennent le coup avec leurs shorts et leurs jambes dénudées. Les filles occupent le terrain le plus proche, leurs dizaines de queues-de-cheval en mouvement. On les dépasse pour rejoindre les garçons, qui courent autour de cônes orange et se renvoient des balles. Les bras ballants au-dessus de la clôture, Abby se penche pour regarder. La plupart des joueurs portent des T-shirts en lycra à manches longues sous leurs maillots, quelques-uns arborent des coques de protections sur les tibias. Tous ont de très jolis mollets. Sympa, comme tableau.

L'entraîneur donne un coup de sifflet et tous les gars se rassemblent autour de lui pour l'écouter un instant. Avant de se disperser en se passant des bouteilles d'eau pour dribbler avec des ballons et s'étirer les jambes. Nick s'approche de nous au petit trot, les joues roses et le sourire aux lèvres, vite rejoint par Garrett et Bram.

— C'est bizarre de vous voir repasser les sélections, dit Abby.

— M'en parle pas, répond Garrett, à bout de souffle. (Ses yeux brillent d'un bleu électrique au milieu de son visage rouge et perlé de sueur.) C'est une formalité plus qu'autre chose. Histoire de voir... (Il s'arrête pour reprendre son souffle.) ... où il veut nous placer.

— Oh, je vois, dit-elle.

— Alors comme ça, on sèche la répète ? demande Nick avec un sourire.

— Plus ou moins, répond Abby. Je me suis dit, naaan... allons plutôt mater les footeux !

— Oh, vraiment ? s'étonne Nick.

Je commence à me sentir un peu de trop.

— Alors, ça se passe bien ? je demande en me tournant vers Garrett et Bram.

— Plutôt, oui, répond Garrett.

Bram acquiesce.

C'est drôle de se dire que je déjeune avec ces mecs cinq jours sur sept, et que pourtant je les connais à peine. Je le regrette un peu, quelque part. Même si Bram n'est pas foutu de se décider pour Leah. Je ne sais pas. Déjà, Garrett comme Bram se sont montrés plutôt cool vis-à-vis de mon orientation au fil de la journée, chose que je n'attendais sans doute pas d'une bande d'athlètes.

Et puis, il est mignon, Bram. Genre, vraiment, vraiment mignon. Il se tient debout à un mètre et demi de la barrière, en sueur, un col roulé blanc enfilé sous son maillot. Et même s'il ne dit pas grand-chose, il a des yeux marron incroyablement expressifs. Une peau marron clair, des cheveux noirs doux et bouclés, et de très jolies mains noueuses.

— Qu'est-ce qui se passe si vous ratez l'audition ? On vous jette de l'équipe ?

— L'audition ? demande Bram avec un minuscule sourire.

Sous son regard, je sens comme un tiraillement agréable.

— Pardon, la sélection.

Je rougis. Et lui rends son sourire. Avant de me sentir un peu coupable.

À cause de Blue. Même s'il n'est pas prêt. Même si ce ne sont que des mots sur un écran d'ordinateur.

Disons simplement que j'ai un peu l'impression que c'est mon petit copain.

Ça me dépasse.

Je ne sais pas si c'est la brise hivernale ou les mollets des footeux, mais je suis d'assez bonne humeur en dépit de tout ce qui s'est passé dans la journée.

Jusqu'au moment où j'arrive sur le parking. Parce que Martin Addison m'attend, adossé contre ma voiture.

— Où t'étais passé ? demande-t-il.

J'attends qu'il bouge. Franchement, je n'ai même pas envie de le regarder.

— On peut parler une minute ?

— Je n'ai rien à te dire.

— Comme tu voudras, soupire-t-il, soufflant de petits nuages de buée. Simon, écoute... je te dois des excuses.

Je reste immobile.

Il étire les bras en avant, fait craquer ses phalanges gantées.

— Bon sang, je... Ça me dépasse. Je suis vraiment désolé. Tout ce qui est arrivé aujourd'hui. Je ne savais pas que... enfin, je ne pensais pas qu'on pouvait encore faire des trucs pareils.

— Mazette, qui l'eût cru ? C'est vrai que Shady Creek est tellement en avance sur son temps.

Il secoue la tête.

— Sérieux, je ne pensais pas que ça ferait un tel foin.

Je ne sais même pas quoi répondre à ça.

— Écoute, je suis désolé, d'accord ? J'étais remonté. Toute cette histoire, avec Abby... Je n'ai pas réfléchi. Et puis mon frère m'a plus ou moins arraché la tête, et là, je... je me suis senti tout merdeux, okay ? Et les captures d'écran, ça fait un siècle que je les avais effacées. Je te le jure. Dis quelque chose, tu veux ?

Honnêtement, je suis à deux doigts de me marrer.

— Qu'est-ce que tu veux que je te dise, bordel ?

— Je ne sais pas, dit-il. J'essaie juste…

— Très bien, qu'est-ce que tu dis de ça : t'es qu'un connard. Un vrai connard de première. Tu ne t'en rends même pas compte, je crois. J'en ai rien à foutre, que tu trouves ça pas si grave. Ce n'est pas à toi de décider. C'est à moi de décider quand, où, et à qui je veux le dire. (Soudain, ma gorge se noue.) Tu m'as ôté ce choix. Et en plus t'as osé mêler Blue à tout ça ? Sérieux ? T'es qu'une merde, Martin. Je n'ai même pas envie de voir ta sale gueule !

Il pleure. Il essaie de se retenir, mais il pleure vraiment, à gros sanglots. Et mon cœur se serre.

— Alors, tu veux bien te décoller de ma voiture et me foutre la paix, s'il te plaît ?

Il hoche la tête, baisse le nez, et s'éloigne d'un pas vif.

Je monte dans ma voiture. Mets le contact. Puis éclate en sanglots.

CHAPITRE VINGT-QUATRE

À : bluegreen118@gmail.com
DE : hourtohour.notetonote@gmail.com
ENVOYÉ LE 05/01 À 19 H 19
OBJET : La neige !

Blue,

Regarde par la fenêtre ! Je n'en crois pas mes yeux. De vrais flocons, le jour de la rentrée. Tu crois qu'on nous donnerait le reste de la semaine ? Parce que je ne dirais pas non à quelques vacances supplémentaires. Bon sang, ce que cette journée a été bizarre. Je ne sais même pas quoi te dire, si ce n'est que faire son coming out à tout l'univers est absolument épuisant.

Sérieux, je suis vidé.

Cela t'arrive-t-il de te mettre en colère au point de pleurer ? Et de te sentir coupable d'être en colère ? Dis-moi que je ne suis pas un monstre.

Je t'embrasse,

Jacques

À : hourtohour.notetonote@gmail.com
DE : bluegreen118@gmail.com
ENVOYÉ LE 05/01 À 22 H 01
OBJET : Re : La neige !

Tu n'as rien d'un monstre. Tu m'as surtout l'air d'avoir eu une journée de merde, et j'aimerais tellement pouvoir arranger ça. As-tu déjà essayé de te consoler avec la nourriture ? On m'a dit que les Oreo avaient un effet thérapeutique. Et puis, ce n'est sans doute pas à moi de te le dire, mais tu n'as pas à te sentir coupable d'être en colère... surtout si c'est pour ce à quoi je pense.

Okay. J'ai une confession à te faire, qui risque de te perturber. Pour être honnête, cela n'aurait pas pu tomber plus mal, mais j'ai beau chercher, je n'arrive pas à m'en dépêtrer, alors voilà :

Jacques, je suis presque sûr de savoir qui tu es.

Je t'embrasse,

Blue

À : bluegreen118@gmail.com
DE : hourtohour.notetonote@gmail.com
ENVOYÉ LE 06/01 À 19 H 12
OBJET : Vraiment ?

Waouh. Okay. Pas perturbant. Mais c'est un moment un peu historique, quand même, non ?

À vrai dire, je pense savoir qui tu es, aussi. Alors, pour le fun, je me lance :

1. Tu as le même prénom qu'un ancien président des États-Unis.

2. Et qu'un personnage de comics.

3. Tu aimes dessiner.

4. Tu as les yeux bleus.

5. Et tu m'as poussé sur un fauteuil à roulettes dans un couloir sombre, une fois.

Je t'embrasse,

Jacques

À : hourtohour.notetonote@gmail.com
DE : bluegreen118@gmail.com
ENVOYÉ LE 06/01 À 21 H 43
OBJET : Re : Vraiment ?

1. Effectivement, oui.

2. Un personnage plutôt méconnu, mais oui.

3. Pas vraiment.

4. Non.

5. Certainement pas.

Je regrette, je ne dois pas être celui que tu crois.

Blue

À : bluegreen118@gmail.com
DE : hourtohour.notetonote@gmail.com
ENVOYÉ LE 06/01 À 23 H 18
OBJET : Re : Vraiment ?

Eh bien, je me débrouillais pas mal sur le début…

Ouais. Waouh. J'ai dû me tromper sur toute la ligne. Je suis désolé, Blue. J'espère que ça ne va pas créer une gêne entre nous.

Quoi qu'il en soit, peut-être que tu te trompes à mon sujet aussi ? Ce qui nous mettrait à égalité ? Même si j'imagine que tu as dû voir le fameux post sur Tumblr. Bon sang, quel crétin je fais.

Je t'embrasse,

Jacques

À : hourtohour.notetonote@gmail.com
DE : bluegreen118@gmail.com
ENVOYÉ LE 07/01 À 07 H 23
OBJET : Re : Vraiment ?

Sur Tumblr… Creeksecrets, tu veux dire ? Honnêtement, je ne pense pas l'avoir consulté depuis le mois d'août. Qu'est-ce qu'il y avait dessus ? En tout cas, tu n'as rien d'un crétin. Ce n'est pas grave. Mais je pense avoir vu juste.

Jacques a dit. Je me trompe ?

Blue

CHAPITRE VINGT-CINQ

Et voilà. J'ai été imprudent. J'ai semé derrière moi une série d'indices. Pas étonnant que Blue ait reconstitué le puzzle. Peut-être même était-ce ce que j'espérais.

À ce propos : « Jacques a dit » devient *Simon says*, en anglais. À l'évidence, ce n'était pas aussi malin que je le croyais.

Mais je me suis bien vautré sur Cal. Pour être honnête, je ne suis qu'un sombre abruti. Je ne sais même pas ce qui m'a pris. Des yeux bleu-vert et la conviction viscérale que Blue et Cal ne faisaient qu'un ? De la pure logique Simon. Pas étonnant que je me sois trompé en beauté.

Je passe une vingtaine de minutes à examiner les e-mails de Blue sur mon ordinateur avant de lui répondre ce matin-là. Puis je reste assis, à rafraîchir mon navigateur, encore et encore, jusqu'à ce que Nora vienne frapper à ma porte. On arrive au lycée avec cinq minutes d'avance. Cinq minutes de plus passées sur le parking, dans ma voiture, à fixer encore ma boîte mail sur mon téléphone.

Après tout, il n'avait pas vu le billet sur Tumblr. C'est déjà ça. C'est même énorme, à vrai dire.

Hébété, j'entre au moment même où retentit la sonnerie. Heureusement que mes mains ont mémorisé la combinaison de mon casier, parce que mon cerveau est hors service. On me parle, je hoche la tête, mais rien ne rentre. Il me semble qu'une bande de crétins a changé mon nom en Semence Queer. Je ne sais pas. Je m'en fous pas mal, à vrai dire.

Je n'arrête pas de penser à Blue, comme mû par l'espoir qu'il se passera quelque chose aujourd'hui. Une sorte de révélation. Je n'arrive pas à croire que Blue refusera de me le dire, maintenant qu'il sait qui je suis. Autrement dit, je cherche partout. Leah me passe un mot en cours d'allemand, et mon cœur se met à battre la chamade à l'idée que cela puisse venir de lui. *Rdv devant ton casier. Je suis prêt.* Quelque chose dans ce goût-là. Mais ce n'est qu'un dessin de style manga, étonnamment réaliste, de notre prof d'allemand faisant une fellation à une saucisse. En parlant de choses qui me rappellent Blue…

Lorsqu'une main vient me tapoter l'épaule en cours d'histoire, mon cœur joue au flipper. Mais ce n'est qu'Abby.

— Chut, écoute ça, dit-elle.

Je tends l'oreille : Taylor est en train d'expliquer à Martin qu'elle ne le fait pas vraiment exprès, je te jure, d'avoir un écart entre les cuisses, c'est juste son métabolisme, tu vois, d'ailleurs elle ne s'était même pas rendu compte, sérieux, que certaines filles cherchaient à obtenir cet écart par tous les moyens. Martin acquiesce en se grattant la tête, l'air las.

— Elle ne peut rien contre son métabolisme, Simon, dit Abby.

— Apparemment.

Taylor a beau être une ninja qui combat l'oppression à ses heures, elle n'en est pas moins quelqu'un d'assez horrible.

Puis Abby me donne un coup de coude pour me demander de ramasser un stylo qu'elle a fait tomber, et le flipper repart de plus belle. C'est plus fort que moi. Je ne parviens pas à étancher ce torrent.

Aussi, lorsque la journée arrive à son terme sans que rien d'extraordinaire se soit produit, mon cœur se brise un petit peu. Comme si, à 11 heures du soir le jour de votre anniversaire, vous compreniez enfin que personne ne vous a organisé de fête surprise.

Le jeudi, après la répétition, Cal mentionne en passant qu'il est bisexuel. Et qu'on devrait peut-être se voir un de ces quatre. Je ne sais plus ce que je lui ai répondu. Je crois que je l'ai simplement dévisagé. Cal le doux, le nonchalant, avec sa frange de hipster et ses yeux couleur océan.

Mais voilà : ce n'est pas Blue.

Blue, qui répond à peine à mes mails.

Si incroyable que cela puisse paraître, j'oublie Cal jusqu'au cours de littérature, le lendemain. M. Wise n'est pas dans la salle quand j'arrive, et les geeks sont intenables. Quelques élèves se disputent au sujet de Shakespeare, puis quelqu'un grimpe sur une chaise pour beugler le monologue de *Hamlet* dans l'oreille d'un autre type. Le canapé, pour une raison mystérieuse, semble particulièrement encombré. Nick est installé sur les genoux d'Abby.

Elle penche la tête derrière le torse de Nick pour m'appeler, un sourire jusqu'aux oreilles.

— Simon, j'étais justement en train de raconter à Nick ce qui s'est passé à la répétition hier.

— En effet, confirme Nick. Mais qui, dites-moi, est ce jeune Calvin ?

Je secoue la tête en rougissant.

— Personne. Un membre du club de théâtre.

— Personne ? demande Nick en hochant la tête. Tu es sûr ? Parce que mademoiselle ici présente m'a dit…

— Tais-toi ! lance Abby en le muselant de la main. Désolée, Simon, c'est juste que je suis tellement contente pour toi. C'était pas un secret, si ?

— Non, mais c'est pas… ce n'était rien, dis-je.

— On verra bien, répond Abby avec un petit sourire suffisant.

Je ne sais comment lui expliquer que, dans quelque sens qu'on retourne la situation, mon cœur est déjà pris. Par quelqu'un qui porte le même prénom qu'un président et qu'un personnage de BD méconnu, qui n'aime pas dessiner, qui n'a pas les yeux bleus et qui ne m'a pas encore poussé dans un fauteuil à roulettes.

Quelqu'un qui semblait mieux m'aimer avant de découvrir qui j'étais.

CHAPITRE VINGT-SIX

À : bluegreen118@gmail.com
DE : hourtohour.notetonote@gmail.com
ENVOYÉ LE 09/01 À 20 H 23
OBJET : Re : Vraiment ?

Je comprends. Simplement parce que je me suis montré imprudent, il ne serait pas juste de te pousser à révéler ton identité alors que tu ne te sens pas prêt. Et crois-moi, je sais de quoi je parle. Mais voilà que tu connais mon identité de superhéros alors que je ne connais pas la tienne... et c'est un peu bizarre, non ?

Je ne sais pas quoi te dire de plus. L'anonymat avait sa fonction pour nous, je l'admets volontiers. Mais maintenant j'aimerais te connaître pour de vrai.

Je t'embrasse,

Simon

À : hourtohour.notetonote@gmail.com
DE : bluegreen118@gmail.com
ENVOYÉ LE 10/01 À 14 H 12
OBJET : Re : Vraiment ?

Étant donné que Blue est plus ou moins mon identité de superhéros, c'est plutôt de mon identité civile que tu veux parler. Mais je chipote, à l'évidence. C'est juste que je ne sais pas trop quoi te dire. Je regrette sincèrement, Simon.

De toute façon, il semblerait que tout se passe comme tu le souhaitais. Tant mieux pour toi.

Blue

À : bluegreen118@gmail.com
DE : hourtohour.notetonote@gmail.com
ENVOYÉ LE 10/01 À 15 H 45
OBJET : Re : Vraiment ?

Tout se passe comme je le souhaitais ? Mais de quoi est-ce que tu parles, enfin ?

???

Simon

À : bluegreen118@gmail.com
DE : hourtohour.notetonote@gmail.com
ENVOYÉ LE 12/01 À 12 H 18
OBJET : Re : Vraiment ?

Sérieusement, je ne vois pas à quoi tu fais allusion, parce que rien, à peu près rien, en ce moment, ne semble se dérouler comme je le souhaiterais.

Okay, je comprends que tu ne veuilles pas échanger de textos. Et tu ne veux pas me rencontrer. Très bien. Mais je déteste constater à quel point tout a changé maintenant, y compris dans nos e-mails. Oui, bien sûr, c'est une situation inconfortable. Ce que j'essaie de te dire, c'est que je comprendrais que tu ne me trouves pas à ton goût ou que sais-je encore. Je m'en remettrai. Mais, par bien des aspects, tu es un peu devenu mon meilleur ami, et je tiens vraiment à toi.

Est-ce qu'on ne pourrait pas faire comme si rien n'était arrivé et reprendre nos échanges normalement ?

Simon

CHAPITRE VINGT-SEPT

Ce qui ne veut pas dire que je vais cesser d'y penser.

Je passe le dimanche dans ma chambre, alternant entre les Smiths et Kid Cudi à plein volume, et tant pis si c'est trop éclectique pour mes parents. Qu'ils restent perpétuellement sciés, je m'en tape. J'essaie de convaincre Bieber de s'asseoir sur mon lit avec moi, mais il n'arrête pas de tourner en rond, et je l'éjecte dans le couloir. Il se met à chouiner pour revenir.

— Nora, va chercher Bieber !

Je crie pour couvrir la musique : pas de réponse. Du coup, je lui envoie un texto.

Elle réplique : *Fais-le toi-même. Suis pas à la maison. T'es où ?*

Nora n'est jamais là ces derniers temps et je n'aime pas du tout ça.

Elle ne répond pas. Et je me sens trop lourd et apathique pour me lever et demander à ma mère.

Je contemple le radiateur au plafond. Puisque Blue ne veut pas me le dire, c'est à moi de résoudre l'énigme.

Cela fait quelques heures que je retourne le même chapelet d'indices dans ma tête.

Un prénom de président. À moitié juif. Grammaire impeccable. Le haut-le-cœur facile. Puceau. N'est pas fou des soirées. Aime les superhéros. Aime les tartelettes au beurre de cacahuète et les Oreo (autrement dit, pas con). Parents divorcés. Grand frère d'un fœtus. Papa vit à Savannah. Papa est prof de littérature. Maman est épidémiologiste.

Le problème, c'est que je commence à me rendre compte que j'en sais finalement très peu sur tout le monde. D'accord, je sais plus ou moins qui est puceau. Mais je serais bien en peine de dire si les parents d'untel sont divorcés, ou ce qu'ils font dans la vie. Par exemple, les parents de Nick sont médecins. Mais je ne sais pas ce que fait la mère de Leah, ni même quelle est sa relation avec son père, car elle n'en parle jamais. Pourquoi le père d'Abby habite-t-il toujours à D.C. ? Aucune idée. Or, il s'agit de mes meilleurs amis. C'est assez affreux, maintenant que j'y pense.

Mais, honnêtement, ça ne rime à rien. Car même si je parviens à déchiffrer le code d'une façon ou d'une autre, cela ne changera rien au fait que Blue n'est pas intéressé. Il a découvert mon identité. Et maintenant que le charme est rompu, je ne sais plus quoi faire. Je lui ai dit que je comprenais qu'il ne soit pas attiré par moi. J'ai fait comme si ça ne me faisait rien.

Mais je ne comprends pas. Et ça me fait de la peine. C'est nul, à vrai dire.

Le lundi suivant, je trouve un sac en plastique accroché à la poignée de mon casier. Ma première pensée : c'est forcément un jockstrap. J'imagine un de ces crétins d'athlète me donnant un slip-coquille raide de sueur afin de parachever mon humiliation avec le plus de vulgarité possible. Je ne sais pas. Je suis peut-être parano.

Quoi qu'il en soit, ce n'est pas un jockstrap, mais un T-shirt en jersey portant le logo de l'album *Figure 8* d'Elliott Smith. Il y a aussi un mot : *Je suppose qu'Elliott se doute bien que tu serais allé à ses concerts si tu l'avais pu.*

La missive est rédigée d'une écriture droite, sans la moindre trace d'inclinaison, sur du papier Canson bleuvert. Évidemment qu'il n'a pas oublié le deuxième « t » d'Elliott. C'est Blue. Il est comme ça.

C'est un taille médium, doux au toucher, et tout, tout dans ce T-shirt est incroyablement parfait. L'espace d'un instant, je joue avec l'idée de courir aux toilettes pour l'enfiler.

Mais je me retiens. Parce que c'est encore bizarre. Parce que je ne sais toujours pas qui il est. Et que l'idée qu'il puisse me voir dans ce T-shirt me gêne, pour une raison qui m'échappe. Je le laisse donc dans son sac, bien plié, et dépose le tout dans mon casier. Avant de traverser la journée sur un petit nuage de bonheur électrique.

Mais en rejoignant l'auditorium pour la répétition, je ressens une sorte de secousse sismique. Ça me dépasse. Mais ça a un rapport avec Cal. Il sort pour aller aux toilettes juste quand j'arrive, s'arrête une seconde à l'entrée.

On échange un vague sourire avant de reprendre chacun son chemin.

C'est trois fois rien. Ça ne dure même pas une seconde. Mais cela suffit à déclencher une éruption de colère dans ma poitrine. Je la sens, physiquement. Et tout ça, c'est la faute de Blue, ce lâche. Il accroche un foutu T-shirt à la porte de mon casier, mais il n'a pas le cran de me parler en personne.

Il a tout gâché. Et je me retrouve face à un mec adorable à la frange irrésistible qui pourrait peut-être s'intéresser à moi, et ça ne rime à rien. Jamais je ne traînerai avec Cal. Jamais je n'aurai de copain, sans doute. Trop occupé que je suis à essayer de ne pas tomber amoureux d'un mec qui n'existe même pas.

Le reste de la semaine s'évanouit dans un torrent d'épuisement. Les répétitions sont rallongées d'une heure chaque soir, ce qui me réduit à dîner debout au comptoir de la cuisine en m'efforçant de ne pas faire tomber de miettes sur mes bouquins. Mon père dit que je lui manque, cette semaine. Traduction : il est triste de devoir enregistrer *Bachelorette*. Pas un mot de Blue, à qui je n'ai pas écrit non plus.

Vendredi est un grand jour, je suppose. À une semaine de la première, nous faisons deux filages d'*Oliver !* en costume pendant la journée de cours : un pour les troisièmes et les terminales le matin, et un autre pour les secondes et les premières l'après-midi. On doit arriver au lycée une heure plus tôt pour se préparer, ce qui oblige Nora à rester avec nous dans l'auditorium. Cal la fait travailler, et elle n'a pas l'air contrariée de scotcher des photos de la troupe sur les murs du préau, au milieu de clichés du film de Mark Lester et d'une liste hyper agrandie de la distribution et de l'équipe technique.

Dans les coulisses règne le meilleur des chaos. Des accessoires manquent et des élèves se baladent à moitié costumés pendant que les petits prodiges musicaux de Creekwood filent l'ouverture dans la fosse. C'est la première fois que nous jouons avec orchestre, et le simple fait de les entendre répéter nous fait toucher du doigt cette réalité. Taylor, déjà habillée et maquillée, s'adonne à une espèce d'échauffement vocal maladroit de son invention. Martin ne retrouve pas sa barbe.

J'enfile le premier de mes trois costumes, qui consiste en une chemise avoine trop grande et débraillée et en un pantalon à bretelles trop large, le tout sans chaussures. Quelques-unes des filles me collent du produit dans les cheveux pour les ébouriffer, ce qui revient à mettre des talons hauts à une girafe. Puis elles me disent d'appliquer de l'eyeliner, chose que je déteste. C'est déjà bien assez horrible de devoir mettre des lentilles de contact.

Je ne fais confiance qu'à Abby, qui m'installe sur une chaise près de la fenêtre dans le vestiaire des filles. Personne ne trouve à redire à ma présence. Ce n'est même pas parce que je suis gay : les vestiaires ont toujours été une zone de non-droit, et quiconque se soucie de son intimité se change dans les toilettes.

— Ferme les yeux, dit-elle.

Je m'exécute. Les doigts d'Abby tirent doucement sur ma paupière. Puis elle me dessine dessus. Ça gratte un peu. Je ne plaisante pas : elle utilise un crayon pour me maquiller.

— Est-ce j'ai l'air ridicule ?

— Pas du tout, répond-elle.

Elle se tait un instant.

— Je peux te demander un truc ?

— Je t'écoute ?

— Pourquoi est-ce que ton père reste à D.C. ?

— Parce qu'il n'a pas encore trouvé d'emploi ici.

— Oh, dis-je, avant d'ajouter : Alors, ils vont venir ici, lui et ton frère ?

Elle passe le doigt le long de ma paupière.

— Mon père, oui, dit-elle. Mon frère est en première année à l'université Howard.

Avant de hocher la tête et de s'attaquer à mon autre paupière.

— Je me sens bête de ne pas savoir ça, dis-je.

— Il n'y a pas de raison. Je n'en ai jamais parlé, c'est tout.

— Mais je ne t'ai jamais posé la question.

Le pire, c'est quand elle s'occupe du bas, parce que je dois garder les yeux ouverts, et je déteste quand un truc s'approche de mon œil.

— Ne cligne pas, ordonne Abby.

— Je fais de mon mieux.

Elle tire un peu la langue. Son odeur est comme un mélange d'extrait de vanille et de talc.

— Très bien. Regarde-moi.

— C'est fini ?

Elle évalue son œuvre.

— Plus ou moins, dit-elle, avant de m'attaquer sournoisement à coups de poudres et de brosses.

— Waouh, lance Brianna en passant.

— Je sais, dit Abby. Simon, ne le prends pas mal, mais tu es beau à tomber.

Je manque d'attraper un torticolis en me tournant d'un coup vers le miroir.

— Qu'est-ce que tu en penses ? demande-t-elle avec un sourire.

— Je suis bizarre.

C'est un peu surréaliste. J'ai déjà du mal à me reconnaître sans mes lunettes, mais là, avec l'eyeliner, l'impression générale, c'est : ZYEUX.

— Attends de voir la réaction de Cal, dit Abby dans un souffle.

Je secoue la tête.

— Ce n'est pas...

Mais je ne vais pas au bout de mon idée. Je n'arrive pas à me détacher de mon reflet.

La première représentation se passe étonnamment bien, même si la plupart des terminales en profitent pour dormir deux heures de plus. Les troisièmes, eux, sont plutôt excités de manquer les deux premiers cours, ce qui fait d'eux le public le plus enthousiaste qu'on ait jamais vu. Débarrassé de mon épuisement, je me laisse porter par l'adrénaline, les rires, les applaudissements.

On se change tous, avant d'écouter les commentaires de Mme Albright avec joie et excitation. Puis d'être lâchés parmi la plèbe des non-théâtreux pour un déjeuner en civil. Je ne suis pas mécontent de rejoindre ma table avec mon maquillage encore en place. Et pas seulement parce qu'il est censé me rendre beau à tomber. C'est juste que c'est assez génial d'être un membre de la troupe et de se démarquer.

Leah est obnubilée par mon eyeliner.

— Bordel, Simon !

— Irrésistible, n'est-ce pas ? demande Abby.

Je ressens soudain comme un sursaut de gêne. Lequel n'est guère arrangé par les regards de Bram, le joli garçon.

— Je ne savais pas à quel point tu avais les yeux gris, fait remarquer Leah avant de se tourner vers Nick, incrédule. Tu savais, toi ?

— Non plus, confirme Nick.

— Genre, le pourtour de l'iris est anthracite, le milieu plus clair, et la pupille est cerclée d'argent. Mais argent foncé.

— Cinquante nuances de gris, dit Abby.

— Dégueu, s'exclame Leah.

Elles échangent un sourire.

Ce qui tient plus ou moins du miracle.

On se retrouve dans l'auditorium après le déjeuner afin que Mme Albright nous rappelle combien on est géniaux, puis on retourne en coulisses pour enfiler nos costumes avant la première scène. Tout se fait en hâte cette fois, mais ça ne me déplaît pas. L'orchestre s'échauffe de nouveau, et l'auditorium s'emplit de bavardages tandis que les secondes et les premières s'installent sur les sièges.

C'est la représentation que j'attendais avec impatience. Parce que ma classe est là. Parce que Blue sera là, quelque part. Et même si je lui en veux, je suis quand même ravi de le savoir là, dans la foule.

Avec Abby, on jette un œil au public entre les rideaux.

— Nick est là, dit-elle en désignant un siège sur la gauche. Avec Leah. Morgan et Anna sont juste derrière eux.

— On commence ?

— Je n'en sais rien, dit Abby.

Je me retourne pour regarder en direction du bureau de Cal. Il porte un casque avec un petit micro replié devant sa bouche et, pour l'instant, il se contente de hocher la tête, les sourcils froncés. Avant de se lever et de se diriger vers la salle.

Je rejette un œil au public. Les lumières sont toujours allumées. Des élèves juchés sur des sièges s'invectivent de part et d'autre de la pièce. Quelques-uns ont chiffonné leurs programmes en boules qu'ils lancent en direction du plafond.

— Les indigènes s'agitent, dit Abby avec un sourire dans la pénombre.

Une main se pose sur mon épaule. Mme Albright.

— Simon, tu veux bien venir avec moi une minute ?

— D'accord.

On échange un haussement d'épaules avec Abby.

Je suis Mme Albright jusqu'au vestiaire, où Martin est avachi sur une chaise en plastique, la pointe de sa barbe entortillée autour de son doigt.

— Je t'en prie, assieds-toi, dit Mme Albright en refermant la porte derrière nous.

Martin m'interroge du regard.

Je l'ignore.

— On a un petit problème, dit lentement Mme Albright, dont je voulais vous faire part avant tout le monde. Je pense que vous avez le droit de savoir.

Un pressentiment s'empare de moi. Mme Albright regarde derrière nous un instant, avant de revenir à nous d'un battement de paupières. Elle paraît lessivée.

— Quelqu'un a modifié la distribution dans le préau, dit-elle, en remplaçant les noms de vos personnages par des obscénités.

— Comment ça ? demande Martin.

Mais je n'ai pas besoin d'entendre la réponse. Martin joue Fagin. Je suis listé comme un des « gamins de Fagin ». Un génie quelconque aura dû trouver hilarant de remplacer les i et les n par des a et des y.

— Oh, fait Martin qui arrive à la même conclusion quelques secondes plus tard.

On échange un regard, il lève les yeux au ciel et, l'espace d'un instant, on semblerait presque amis de nouveau.

— Eh oui. Accompagné d'un dessin. Quoi qu'il en soit, ajoute Mme Albright, Cal est en train d'enlever l'affiche, et je vais devoir m'adresser à vos charmants petits camarades avant de les renvoyer en classe.

— Vous annulez la représentation ? demande Martin, les mains sur les joues.

— Pas tout à fait. Mais je renvoie le public, explique-t-elle.

Je me sens… je ne sais pas. Un peu effondré, à vrai dire.

— Désolé, Spier, murmure Martin dans ses mains. C'est ma faute.

— Arrête ton char, dis-je en me relevant. Tu n'es pas responsable de tout.

Je suppose que je commence à en avoir assez de ces conneries. J'essaie de ne pas me laisser atteindre. Je devrais m'en foutre, que des crétins m'insultent, tout comme je devrais me foutre de ce que les autres pensent de moi. Mais je ne m'en fous pas. Abby passe un bras autour de mes épaules et, ensemble, on regarde Mme Albright monter sur scène.

— Bonjour, lance-t-elle dans un micro.

Pas un sourire. Pas même un début de sourire.

— Certains d'entre vous me connaissent déjà. Je suis Mme Albright, le professeur de théâtre.

Quelque part dans le public, un sifflet suggestif fuse, provoquant quelques ricanements.

— Oui, je sais que vous vous attendiez à voir un spectacle assez génial en avant-première. Et je suis au regret de vous dire que ce ne sera pas le cas. Au lieu de ça, vous allez passer les dix prochaines minutes coincés dans cet auditorium, à revoir avec nous la politique de Creekwood concernant l'oppression. Avant de retourner en classe suivre vos cours habituels.

Que de huées ! Même les profs semblent dégoûtés. Je parie qu'ils croyaient prendre leur après-midi.

— Je sais, reprend Mme Albright. Je sais. C'est nul. Le spectacle est extra, et la plupart d'entre vous n'a rien fait pour mériter cette punition. Et je sais combien la troupe avait hâte de jouer pour vous. Ils sont aussi malheureux que vous. Mais j'aimerais vous parler des actes et de leurs conséquences.

Personne ne l'écoute. Bon sang. Ce que ça doit être nul d'être prof. Elle termine néanmoins son discours et demande à ses collègues de raccompagner tout le monde en classe. Puis, une fois l'auditorium vide, elle descend calmement les marches et prend place au premier rang, au milieu.

— Allons-y, lance-t-elle.

Elle n'a même pas besoin de hausser la voix.

Les lumières baissent, les premières notes de l'ouverture montent depuis la fosse, et c'est reparti mon kiki.

CHAPITRE VINGT-HUIT

Mais plus tard, dans les vestiaires, c'est la révélation. Martin Van Buren, bordel. Notre huitième président. C'est impossible. Pas moyen.

J'en lâche ma serviette. Tout autour de moi, des filles ôtent des chapeaux et lâchent leur chevelure, font mousser du savon sur leur visage et zippent des housses à vêtements. Une porte s'ouvre à la volée quelque part, un éclat de rire strident retentit.

Mon cerveau tourne à cent à l'heure. Que sais-je de Martin ? Que sais-je de Blue ?

Martin est malin, à l'évidence. Assez intelligent pour être Blue ? Je ne sais même pas si Martin est à moitié juif. Ça se pourrait, après tout. Il a les cheveux bruns. Il n'est pas fils unique, mais il aurait pu mentir à ce sujet. Je ne sais pas... Je ne sais pas. Cela n'a aucun sens. Parce que Martin n'est pas gay.

Seulement voilà : quelqu'un semble convaincu du contraire. Même si je ne devrais probablement pas me fier à l'opinion d'un crétin anonyme qui m'a traité de pédé.

— Simon, non ! s'écrie Abby depuis la porte.

— Quoi ?

— Tu t'es démaquillé !

Elle me dévisage une minute.

— Ça se voit encore un peu.

— Quoi, que je suis beau à tomber ?

Elle s'esclaffe.

— Écoute. Je viens de recevoir un texto de Nick : il nous attend sur le parking. On te sort.

— Quoi ? Mais où ?

— Je ne sais pas encore. Ma mère passe le week-end à D.C., ce qui me laisse la voiture et la maison. Je te kidnappe pour la nuit.

— On dort chez toi ?

— Eh oui, acquiesce-t-elle, et je remarque qu'elle est démaquillée et de retour dans son jean skinny. Alors dépêche-toi d'aller déposer ta sœur ou je ne sais quoi.

Avec un coup d'œil dans le miroir, j'essaie de rabattre mes cheveux sur mon front.

— Nora est partie prendre le bus, dis-je lentement.

C'est étrange. Le Simon du miroir porte encore ses lentilles. Presque méconnaissable.

— Pourquoi on fait ça, déjà ?

— Parce qu'on n'a pas répète, pour une fois, explique-t-elle en me tapotant la joue. Et parce que tu as eu une journée de merde.

J'en rirais presque. Si seulement elle savait.

Sur le chemin du parking, elle ne cesse de pérorer et de comploter. Je laisse ses paroles me rouler dessus. Je bugge un peu sur l'affaire Martin. C'est presque inimaginable.

Cela supposerait que c'est Martin qui a écrit ce billet sur Tumblr en août dernier – celui sur l'homosexualité. Et que c'est à Martin que j'écris tous les jours depuis cinq mois. J'arriverais presque à y croire, n'était le chantage. Si Martin est gay, pourquoi embarquer Abby dans cette histoire ?

— M'est avis qu'on devrait passer la soirée à Little Five Points, déclare l'intéressée. Dans tous les cas, on va à Midtown.

— Ça me va, dis-je.

Cela n'a aucun sens.

C'est alors que je me rappelle les après-midi au Waffle House et les répétitions nocturnes, et l'affection que je commençais à lui porter avant que tout s'effondre. Du chantage avec un supplément d'amitié. Peut-être était-ce le but.

Sauf que je n'ai jamais eu l'impression que je lui plaisais. Pas une seule fois. Donc ça ne peut pas être ça. Martin ne peut pas être Blue.

À moins que... Mais non.

Parce que ça ne peut pas être une blague. Blue ne peut pas être une blague. Ce n'est même pas envisageable. Personne ne pourrait se montrer aussi cruel. Pas même Martin.

J'ai du mal à respirer.

Ça ne peut pas être une blague, parce que je ne sais pas ce que je ferais si c'en était une.

Je ne peux pas l'imaginer. Bon sang. Désolé, je ne peux pas.

Je ne veux pas.

Nick nous attend devant le lycée. Il échange un coup de poing fraternel avec Abby à notre arrivée.

— Je l'ai attrapé, annonce-t-elle.

— Et maintenant ? demande Nick. On rentre chercher nos affaires, et tu passes nous chercher ?

— C'est le plan, oui, confirme Abby en faisant basculer son sac à dos pour ouvrir la plus petite poche et en tirer ses clefs de voiture, avant de pencher la tête sur le côté. Dites, les gars, vous avez parlé à Leah ?

J'échange un regard avec Nick.

— Pas encore, non, répond Nick.

Il se dégonfle un peu. C'est compliqué : j'ai beau adorer Leah, sa présence change tout. Elle se montrerait maussade et acerbe devant Nick et Abby. Midtown la mettrait mal à l'aise. Et c'est difficile à expliquer mais, parfois, sa gêne devient contagieuse.

Pourtant Leah déteste se sentir exclue.

— On pourrait rester entre nous, pour une fois, propose Nick, les yeux baissés.

Il se sent un peu merdeux de dire ça, je le sais.

— Okay, dis-je.

— Okay, acquiesce Abby. Allons-y.

Vingt minutes plus tard, me voilà sur la banquette arrière de la voiture de la mère d'Abby, des livres de poche en tas sous mes pieds.

— Mets-les où tu veux, dit Abby en croisant mon regard dans le rétroviseur. Elle les lit en m'attendant quand elle vient me chercher. Ou quand je prends le volant.

— Vraiment ? J'ai mal au cœur rien qu'en lisant mes textos dans la voiture, dit Nick.

Je rectifie, avec un pincement au palpitant :

— Des haut-le-cœur.

— Oh ça va, monsieur le linguiste.

Nick se retourne dans son siège pour m'adresser un sourire.

Abby glisse sur la 285 et se fond dans la file sans difficulté. Aucune tension apparente. De nous trois, elle est de loin la meilleure conductrice. Je demande :

— On sait où on va ?

— Moi oui, répond Abby en se garant sur le parking du Zesto.

Je ne vais jamais au Zesto. En fait, je ne viens presque jamais à Atlanta même. L'intérieur du restaurant est bruyant et chaleureux, rempli de clients mangeant des hot dogs au chili, des burgers, ce genre de choses. Mais, honnêtement ? Rien à foutre qu'on soit en janvier : je prends de la glace au chocolat avec des pépites d'Oreo et, pendant les dix minutes qu'il me faut pour consommer mon dessert, je me sens de nouveau normal. À notre retour dans la voiture, le soleil a entamé sa descente.

On fait un arrêt à Junkman's Daughter. Qui se trouve juste à côté du Café Aurora.

Mais je ne pense pas à Blue.

On passe quelques minutes à fouiner dans la boutique. J'adore Junkman's Daughter. Nick se laisse absorber par un présentoir de livres consacrés aux philosophies orientales tandis qu'Abby achète une paire de collants. Je me retrouve à errer dans les allées en m'efforçant d'éviter les regards de jeunes filles craignos avec leurs crêtes roses.

Je ne pense pas au Café Aurora, et je ne pense pas à Blue.

Je ne peux pas penser à Blue.

Je ne peux vraiment pas l'imaginer sous les traits de Martin.

Il n'est pas tard, même s'il fait sombre, aussi Abby et Nick insistent-ils pour m'emmener dans une librairie féministe qui propose de la littérature gay. En parcourant les étagères, Abby sort un livre de photos LGBT pour me le montrer. Nick s'agite un peu, l'air gêné. Abby m'offre un livre sur des pingouins homosexuels, puis on reprend notre promenade le long de la rue. Mais il commence à faire frisquet, à faire faim aussi, alors on rempile dans la voiture, direction Midtown.

Abby semble avoir une idée très précise de notre destination. Elle se gare dans une petite rue en faisant son créneau comme si de rien n'était. On remonte rapidement la rue en direction du croisement pour rejoindre la rue principale. Nick frissonne dans son blouson léger, s'attirant un roulement d'yeux d'Abby qui moque sa frilosité de Sudiste. Avant de lui passer un bras autour des épaules pour lui frotter le bras tout en marchant.

— On y est, dit-elle finalement en s'arrêtant devant un bar sur Juniper appelé Webster's.

La grande terrasse est ornée de guirlandes de Noël et de fanions arc-en-ciel et, même si elle est vide, le parking, lui, déborde. Je demande :

— Est-ce que c'est, genre, un bar gay ?

Abby et Nick sourient de toutes leurs dents.

— Okay, mais comment on va faire pour entrer ?

Je fais un mètre soixante-dix, Nick est imberbe, et Abby, quant à elle, a les poignets recouverts de bracelets de l'amitié. Jamais de notre vie on ne passera pour des adultes de vingt et un ans.

— C'est aussi un restaurant, explique Abby. On est venus dîner.

À l'intérieur, Webster's est bourré à craquer de mecs en vestes, écharpes et jeans skinny. Tous mignons, tous irrésistibles. La plupart arborent des piercings. Il y a un bar au fond, qui passe un genre de musique hip-hop, et les serveurs doivent se glisser de biais pour fendre la foule, les bras chargés de pintes de bière et de paniers de poulet frit.

— Trois seulement ? demande l'hôte en posant la main un bref instant sur mon épaule. (C'est assez pour m'envoyer des étincelles à l'estomac.) Il devrait y en avoir pour une minute, chéri.

Nick attrape une carte pour examiner le menu : ils ne servent que des plats équivoques. Des saucisses. Des miches. Abby n'arrête pas de glousser. J'ai du mal à croire qu'on est dans un simple restaurant. Je croise accidentellement le regard d'un mec canon moulé dans un T-shirt à col en V. Je détourne les yeux, le cœur battant.

— Je vais aux toilettes, dis-je, certain de me consumer sur place si je ne bouge pas d'ici.

Les toilettes se trouvent au bout d'un petit couloir derrière le bar. Je dois me frayer un chemin à travers la foule pour y arriver. Lorsque je ressors, la masse est encore plus compacte. Deux filles dansent plus ou moins en brandissant des bières, un groupe de garçons s'esclaffe, des tas de gens tiennent des verres ou des mains.

On me tape sur l'épaule.

— Alex ?

Je me retourne.

— Je ne suis pas…

— Tu n'es pas Alex, constate mon interlocuteur, mais tu as ses cheveux.

Avant de me les ébouriffer de la main.

Juché sur un tabouret de bar, il semble à peine plus âgé que moi. Il a les cheveux blonds, bien plus clairs que les miens. Genre Draco. Il porte un polo et un jean normal, il est très mignon, et quelque chose me dit qu'il doit être saoul.

— Comment tu t'appelles, Alex ? me demande-t-il en glissant de son siège.

Debout, il me dépasse d'une tête ou presque, et il sent le déodorant. Ses dents sont extrêmement blanches.

— Simon, dis-je.

— Simon le Simple rencontra un pâtissier, glousse-t-il.

Clairement bourré.

— Moi c'est Peter, ajoute-t-il, et je me dis : *Peter Peter mangeait des potirons.*

— Ne bouge pas, ordonne-t-il. Je t'offre un verre.

Une main sur mon coude, il se tourne vers le bar, et l'instant d'après me voilà gratifié d'un verre à martini rempli d'une substance verte.

— Comme les pommes, dit Peter.

Je prends une gorgée. Pas dégueu.

— Merci, dis-je, soudain envahi par les étincelles.

Ça me dépasse. C'est tellement différent de mon idée de la normalité.

— Tu as des yeux incroyables, glisse Peter avec un sourire.

Changement de musique, un martèlement de basses sourdes. Il ouvre la bouche pour ajouter quelque chose, mais ses paroles sont englouties par le bruit ambiant.

— Quoi ?

Il se rapproche.

— Tu fais tes études ?

— Oh, dis-je. Oui.

Mon cœur bat la chamade. Il se tient si près que nos verres se touchent.

— Moi aussi. À Emory. Deuxième année. Un instant.

Il vide son verre d'une goulée avant de se retourner vers le bar. Je me tords le cou par dessus la foule, à la recherche de Nick et Abby. Installés à une table de l'autre côté de la pièce, ils m'observent, visiblement mal à l'aise. Accrochant mon regard, Abby agite la main avec frénésie. Je lui rends son geste avec un sourire.

Mais voilà que la main de Peter se pose de nouveau sur mon bras. Il me tend un verre à shot rempli d'un liquide orange vif comme du sirop contre le rhume. On dirait du Triaminic liquide. Je n'ai même pas encore fini mon cocktail à la pomme. Je l'écluse d'un coup et tends le verre vide à Peter. Qui fait tinter son shot de Triaminic contre le mien avant de le faire disparaître.

Je sirote une gorgée, on dirait du soda à l'orange. Peter m'attrape les phalanges avec un rire.

— Simon, dit-il. Tu as déjà bu un shot ?

Je secoue la tête.

— Ah, d'accord. Penche la tête en arrière et hop… (Il fait une démonstration avec son verre vide.) Okay ?

— Okay, dis-je, envahi par une chaleur bienheureuse.

J'avale mon shot en deux gorgées, sans rien renverser. Puis souris à Peter, qui emporte mon verre avant de mêler ses doigts aux miens.

— Joli Simon, dit-il. D'où viens-tu ?

— Shady Creek.

— Okay, dit-il.

Je vois bien qu'il ne connaît pas, mais il se rassied avec un sourire et m'attire à lui. Et il a les yeux noisette, et ça ne me déplaît pas. Et c'est tellement plus facile de parler maintenant, c'est plus facile que de ne pas parler, et tout ce que je dis sonne juste, et il hoche la tête et rit et me presse les mains. Je lui parle d'Abby et de Nick, que je m'efforce de ne pas regarder parce que, dès que je croise leur regard, leurs yeux me hurlent dessus. Et puis Peter me parle de ses amis et dit :

— Oh bon sang, il faut que je te présente à mes amis. Il faut que tu rencontres Alex.

Alors il nous paie un nouveau shot de Triaminic, et puis il me prend par la main et me conduit vers une grande table ronde dans un coin de la pièce. Les amis de Peter forment un large groupe, principalement masculin, ils sont tous mignons, et tout tangue autour de moi.

— Voici Simon, annonce Peter en lançant un bras autour de moi.

Il me présente à tout le monde, et j'oublie aussitôt les noms de chacun, sauf Alex. Que Peter me présente en annonçant, « Voici ton sosie ». Mais c'est un peu déroutant parce qu'Alex ne me ressemble pas du tout. Enfin, on est blancs, tous les deux. Mais même nos cheveux, censés être similaires, n'ont rien à voir. Les siens sont savamment décoiffés. Les miens sont juste ébouriffés. Mais Peter n'en finit pas de nous regarder tour à tour en gloussant, et quelqu'un s'assied sur les genoux de quelqu'un d'autre pour m'offrir sa chaise, et on me passe une bière. Il y a de l'alcool partout.

Les amis de Peter sont bruyants et drôles, je ris à en attraper le hoquet, mais je suis incapable de me rappeler pourquoi. Et le bras de Peter me serre aux épaules, et à un moment donné, comme ça, sans crier gare, il se penche pour m'embrasser sur la joue. C'est un univers parallèle, totalement étranger. C'est comme avoir un copain. Et je ne sais pas comment je me retrouve à lui parler de Martin et des e-mails et de ce foutu chantage qu'il m'a fait, c'est assez tordant comme histoire, maintenant que j'y pense. Et tout le monde se tape les cuisses, et une fille à la table dit « Oh mon dieu, Peter, oh mon dieu. Il est adorable ! » Et c'est une sensation incroyable.

Mais alors Peter se penche vers moi, ses lèvres sont contre mon oreille, il me demande :

— Tu es au lycée ?

— En première, dis-je.

— Au lycée, répète-t-il, le bras toujours autour de mes épaules. Quel âge as-tu ?

Je murmure, un peu embarrassé :

— Dix-sept ans.

Il me regarde en secouant la tête.

— Oh, chéri, dit-il avec un sourire triste. Non... Non.

— Non ?

— Avec qui es-tu venu ? Où sont tes amis, joli Simon ?

Je désigne Nick et Abby.

— Ah, dit-il.

Il m'aide à me relever, la main dans la mienne, la pièce se met à tanguer, mais j'atterris par miracle sur une chaise. À côté d'Abby, face à Nick, devant un cheese-burger intact. Froid, mais absolument simple et parfait, sans rien de vert et avec une tonne de frites.

— Au revoir, joli Simon, dit Peter en me serrant dans ses bras avant de déposer un baiser sur mon front. Va donc vivre tes dix-sept ans.

Et il s'éloigne en titubant, et Abby et Nick ont l'air d'hésiter entre rire et panique. Oh mon dieu. Comme je les aime. Sérieux, je les adore. Mais je me sens un peu vague, à l'intérieur.

— T'en as bu combien ? demande Nick.

J'essaie de compter sur mes doigts.

— Laisse tomber. J'aime mieux pas savoir. Contente-toi de manger.

— J'adore cet endroit, dis-je.

— Je vois ça, rétorque Abby en me fourrant une frite dans la bouche.

— Mais est-ce que tu as vu ses dents ? Il avait, genre, les dents les plus incroyablement blanches que j'aie vues de toute ma vie. Je parie qu'il utilise ces machins, là. Les trucs de chez Crest.

— Les Whitestrips, me répond Abby, un bras autour de ma taille.

Nick a passé le sien autour de mon autre taille. Ma même taille, je veux dire. Et j'ai les bras autour de leurs épaules, parce que JE LES AIME TELLEMENT PUTAIN.

— Oui, c'est ça, des whitestrips, dis-je avec un soupir. Il est à la fac.

— C'est ce qu'on a cru comprendre, réplique Abby.

C'est une soirée parfaite. Tout est parfait. Il ne fait même pas froid dehors. On est vendredi, on n'est pas au Waffle House, on n'est pas en train de jouer à Assassin's Creed dans le sous-sol de chez Nick, on n'en pince pas pour Blue. On est out, on est en vie, et tout le monde dans l'univers est de sortie avec nous, là.

— Salut, dis-je à quelqu'un.

Je souris à tous les passants.

— Simon ! Bon sang, marmonne Abby.

— Très bien, dit Nick. Simon, tu prends la place du mort.

— Quoi ? Pourquoi ?

— Parce que je doute qu'Abby tienne à ce que tu vomisses sur la banquette de sa mère.

— Je vais pas vom… dis-je, mais à peine les mots m'ont-ils échappé qu'un tressaillement de mauvais augure me torture les tripes.

Je prends donc le siège avant, la fenêtre ouverte. La brise fraîche me picote le visage. Je ferme les yeux et appuie ma tête contre le dossier. Avant de rouvrir aussitôt les paupières.

— Attends, on va où ?

Abby s'arrête pour laisser passer une voiture.

— Chez moi, dit-elle. À College Park.

— Mais j'ai oublié mon T-shirt ! On peut passer chez moi ?

— C'est la direction opposée, remarque Abby.

— Merde !

Merde merde merde.

— Je peux te prêter un T-shirt, propose-t-elle. Je suis sûre que mon frère a dû laisser quelques affaires à la maison.

— Et puis, tu portes un T-shirt, que je sache, ajoute Nick.

— Nooooon. Non. C'est pas pour le porter, dis-je.

— Pour quoi faire, alors ? demande Abby.

— Je peux pas le porter. Ça serait trop bizarre. J'ai besoin de le mettre sous mon oreiller.

— Parce que ça, pour le coup, c'est pas bizarre du tout ? remarque Nick.

— C'est un T-shirt Elliott Smith. Tu savais qu'il s'était poignardé quand on avait cinq ans ? C'est pour ça que j'ai jamais pu aller à ses concerts. (Je ferme les yeux.) Tu crois à la vie après la mort ? Nick, est-ce que les juifs croient au paradis ?

— Okay... dit Nick.

Il échange un drôle de regard avec Abby dans le rétroviseur, puis Abby se glisse dans la bonne file. Elle tourne pour rejoindre l'autoroute, et je me rends compte qu'on repart vers le nord. Vers Shady Creek. Pour récupérer mon T-shirt.

— Abby, je t'ai déjà dit que tu étais la meilleure personne dans l'univers tout entier ? Oh mon dieu. Je t'aime tellement fort ! Je t'aime encore plus fort que Nick.

Abby s'esclaffe, Nick se met à tousser, et je me mets à baliser un peu parce que je suis soudain incapable de me rappeler si c'est un secret que Nick est amoureux d'Abby. Je ferais sans doute mieux de continuer à déblatérer.

— Abby, tu veux pas devenir ma sœur ? J'ai besoin de nouvelles sœurs.

— Pourquoi, tu n'aimes plus les anciennes ? dit-elle.

— Elles sont affreuses, dis-je. Nora n'est plus jamais à la maison, et voilà qu'Alice a un copain.

— En quoi c'est affreux ? demande Abby.

— Alice a un copain ? demande Nick.

— Mais elles sont censées être Alice et Nora. Elles sont pas censées être différentes.

— Elles n'ont pas le droit de changer ? demande Abby avec un rire. Pourtant, tu changes bien, toi. Tu n'es pas le même qu'il y a cinq mois.

— J'ai pas changé !

— Simon. Je viens de te voir lever un inconnu dans un bar gay. Tu portes de l'eye-liner. Et tu es complètement bourré.

— Je suis pas bourré.

Abby et Nick échangent encore un regard dans le rétroviseur avant d'éclater de rire.

— Et puis c'était pas un inconnu.

— Ah bon ? s'étonne Abby.

— C'était un inconnu *qui va à la fac*.

— Ah…

Abby se gare dans l'allée devant chez nous et met la voiture au point mort, et je la serre dans mes bras en murmurant « Merci merci merci ». Elle m'ébouriffe les cheveux.

— Okay. Une seconde, dis-je. Bougez pas d'ici.

L'allée vacille un peu, mais ce n'est pas si terrible. Il me faut une minute pour comprendre comment fonctionne ma clef. Les lumières de l'entrée sont éteintes, mais la télé est allumée, et je suppose que je ne m'attendais pas à trouver mes parents encore debout, et pourtant ils sont là, blottis sur le canapé dans leurs pyjamas avec Bieber collé entre eux.

— Qu'est-ce que tu fais là, fiston ? demande mon père.

— J'ai un T-shirt à récupérer, dis-je, mais ça ne me semble pas tout à fait correct, alors je refais une tentative. Je porte déjà un T-shirt, mais j'ai besoin d'un autre T-shirt pour aller chez Abby, parce que c'est un Tt-shirt spécial et c'est pas très grave mais j'en ai besoin.

— Okay… dit ma mère en jetant un regard à mon père.

— Vous regardez *Sur écoute* ? (Ils ont mis sur pause.) Oh mon dieu. C'est ça que vous faites quand je suis pas à la maison ! Vous regardez des séries HBO !

Et je m'esclaffe à n'en plus finir.

— Simon, dit mon père, l'air tout à la fois perplexe, sévère et amusé. Est-ce que tu aurais quelque chose à nous dire ?

Je glousse :

— Je suis gay.

— Bon. Assieds-toi, ordonne-t-il.

Je m'apprête à faire une blague, mais il ne détache pas son regard du mien, alors je m'assieds sur l'accoudoir de la causeuse.

— Tu es ivre.

Il semble un peu décontenancé. Je hausse les épaules.

— Qui est-ce qui conduit ? demande-t-il.

— Abby.

— Elle a bu, elle aussi ?

— Voyons, papa. Bien sûr que non. (Il lève les paumes.) Non ! Bon sang.

— Em', tu veux bien…

— Entendu, répond ma mère en délogeant Bieber installé sur ses jambes.

Avant de quitter le canapé et de traverser le vestibule. J'entends la porte d'entrée s'ouvrir et claquer.

— Elle va faire la leçon à Abby ? Sérieux ? Vous ne me faites même pas confiance ?

— Disons que je ne suis pas sûr que nous le devrions, Simon. Tu te pointes à 22 h 30, ivre, sans que cela te pose apparemment le moindre problème, donc…

— Donc ce que tu me dis c'est que le problème, c'est que je ne le cache pas. Le problème, c'est que je ne vous mente pas.

Mon père se redresse soudain et, en le regardant, je m'aperçois qu'il est dans une colère noire. Fait tellement inhabituel que ça me fiche un peu la frousse, mais me rend aussi intrépide, alors j'ajoute :

— Tu aimais mieux quand je vous mentais, peut-être ? Ça doit être nul pour toi, maintenant, de plus pouvoir te moquer des gays. Je parie que maman te l'interdit, pas vrai ?

— Simon… gronde mon père, comme un avertissement.

Je laisse échapper un gloussement, trop acerbe.

— Ce moment gênant où tu te rends compte que tu as passé les dix-sept dernières années à blaguer sur les gays devant ton fils gay.

Un silence tendu, affreux. Mon père se contente de me dévisager.

Ma mère reparaît. Elle nous regarde tour à tour une minute. Avant d'annoncer :

— J'ai renvoyé Abby et Nick chez eux.

— Quoi ? Maman !

Je me relève trop vite, mon estomac fait des saltos.

— Non, non. Je suis juste venu prendre mon T-shirt.

— Oh, je crois que tu vas rester ici ce soir, dit ma mère. Ton père et moi avons besoin de discuter un instant. Va donc te chercher un verre d'eau pendant ce temps-là. On te rejoint tout de suite.

— J'ai pas soif.

— Ce n'était pas une suggestion, réplique ma mère.

Bordel, je le crois pas. Alors comme ça, je devrais m'asseoir et siroter sagement ma flotte pendant qu'ils parlent dans mon dos ? Je claque violemment la porte de la cuisine.

À peine l'eau a-t-elle atteint mes lèvres que je l'engloutis goulûment, en oubliant presque de respirer. Mon estomac me tiraille. Je crois que l'eau n'arrange rien. Je replie les bras sur la table et coince la tête au creux de mon coude. Je suis lessivé.

Mes parents me rejoignent quelques minutes plus tard et s'asseyent à la table.

— Tu as pris ton eau ? demande mon père.

Je repousse mon verre vide sans relever la tête.

— Bien, dit-il. (Une pause.) Fiston, il faut qu'on parle des conséquences.

Ben voyons, parce que ma vie n'est déjà pas assez merdique ? Tout le monde au lycée me prend pour un clown, et il y a ce garçon dont je ne peux m'empêcher de tomber amoureux et qui pourrait bien être un type qui m'insupporte. Et je suis à peu près sûr que je vais gerber cette nuit.

Mais ouais. Parlons donc des conséquences.

— On en a discuté, et... je suppose que c'est ta première infraction ?

J'acquiesce, la tête toujours dans mes bras.

— Dans ce cas, ta mère et moi avons décidé que tu serais consigné deux semaines à partir de demain.

Je me redresse d'un coup.

— Vous pouvez pas faire ça !

— Oh, vraiment ?

— Il y a la pièce, le week-end prochain.

— Nous sommes au courant, figure-toi, répond mon père. Tu peux aller en cours, à tes répétitions et à toutes les représentations, mais avec l'obligation de rentrer immédiatement après. Et ton ordinateur déménage dans le salon pour une semaine.

— Et je vais dès maintenant te prendre ton téléphone, ajoute ma mère en tendant la main.

Ça rigole pas.

— C'est trop nul, dis-je, parce que c'est la réaction attendue, mais, honnêtement, je n'en ai plus rien à foutre.

CHAPITRE VINGT-NEUF

C'est le week-end du Martin Luther King Day, on ne reprend pas les cours avant le mardi. À mon arrivée, Abby m'attend devant mon casier.

— Où étais-tu passé ? Je t'inonde de textos depuis deux jours. Tout va bien ?

— Ça va, réponds-je en me frottant les yeux.

— Je me faisais du souci pour toi. Quand ta mère est sortie... elle est assez terrifiante, ta mère, à vrai dire. J'ai cru qu'elle allait me faire souffler dans un alcootest !

Oh, bon sang.

— Désolé, dis-je. Ils ne rigolent pas avec la conduite.

Abby s'efface sur le côté pour me laisser déverrouiller le cadenas.

— Non, t'inquiète, dit-elle. C'est juste que ça m'embêtait de t'abandonner. Et comme je n'ai pas eu de nouvelles de tout le week-end...

Je défais le verrou.

— Ils m'ont confisqué mon téléphone. Et mon ordi. Et je suis consigné pour deux semaines. (Je farfouille, à la recherche de mon manuel d'allemand.) Donc voilà.

Abby se décompose.

— Mais, et la pièce ?

— Non, pas de souci. Ils n'oseraient pas.

Je referme mon casier. Le loquet se remet en place avec un déclic.

— C'est déjà ça, dit-elle. Mais je suis vraiment désolée. Tout est ma faute.

— Qu'est-ce qui est ta faute ? demande Nick, qui nous a rejoints sur le chemin de la salle d'anglais.

— Simon est puni, explique-t-elle.

— Tu n'y es absolument pour rien, dis-je. C'est moi qui me suis saoulé la tronche avant de faire mon numéro devant mes parents.

— C'était pas ta meilleure idée, remarque Nick.

Je le fixe. Quelque chose a changé, mais je ne saurais dire quoi.

Puis c'est l'illumination : les mains. Ils se tiennent la main. Je relève la tête pour les regarder, et tous deux me sourient, un peu gênés. Nick hausse les épaules.

— Eh bien, eh bien, dis-je. Quelque chose me dit que je n'ai pas dû trop vous manquer vendredi soir, après tout.

— En effet, répond Nick.

Abby enfouit le visage contre son épaule.

Je profite de l'entraînement à la conversation en cours d'allemand pour extorquer le récit des événements à Abby.

— Alors, comment ça s'est passé ? Raconte ! *Es war ein Überraschung*, ajouté-je en voyant Frau Weiss approcher de notre rang.

— Eine Überraschung, Simon. Femininum.

Sacrés profs d'allemand. Ils ne vous lâchent pas les baskets sur les questions de genre, mais ça ne les empêche pas de prononcer mon nom Simone.

— Euh, *wir waren...*

Abby adresse un sourire à Frau Weiss, puis attend qu'elle soit hors de portée de voix.

— Oui, donc on t'a déposé, et j'étais un peu bouleversée parce que ta mère semblait vraiment en colère, et je ne voulais pas qu'elle pense que je conduisais bourrée.

— Si ç'avait été le cas, elle ne t'aurait pas laissée rentrer en voiture.

— Oh, ça, dit Abby, je n'en sais rien. Enfin bref, on est partis, mais on est restés garés devant chez Nick un petit moment, au cas où tu aurais pu convaincre tes parents de te laisser sortir.

— Désolé. Pas moyen.

— Oh, je sais, dit-elle. C'est juste que ça me faisait bizarre de repartir sans toi. On t'a envoyé des textos, et puis on a attendu un petit peu.

— Désolé.

— Non, t'inquiète, répond Abby avant de sourire jusqu'aux oreilles. *Es war wunderschön.*

Le déjeuner est assez génial, parce que Morgan et Bram fêtaient chacun leur anniversaire pendant le week-end du pont, et que Leah applique de façon très stricte la règle selon laquelle chacun a droit à son gâteau géant. Autrement dit, deux gâteaux, tous les deux au chocolat.

Sauf que Leah ne se pointe pas à la cantine aujourd'hui. Et maintenant que j'y repense, elle n'est venue ni en littérature ni en allemand.

Par réflexe, je mets la main à ma poche arrière avant de me rappeler que mon téléphone est en garde à vue. Je me penche donc vers Anna, qui déguste une pile de glaçage, deux chapeaux de fête accrochés sur la tête.

— Dis, tu sais où est Leah ?

— Euh, dit Anna en évitant mon regard. Elle est là.

— Au lycée ?

Haussement d'épaules.

J'essaie de ne pas m'en faire, mais Leah reste invisible toute la journée, ainsi que le lendemain. Sauf que d'après Anna, elle vient en cours. Et que sa voiture est garée sur le parking, ce qui rend la situation plus étrange encore. Sa voiture est toujours là à 19 heures, lorsqu'on sort enfin de répétition. Je n'ai aucune idée de ce qui se passe.

J'ai envie d'avoir de ses nouvelles, c'est tout. J'ai peut-être manqué des textos qu'elle m'aurait envoyés sans que je le sache.

Ou peut-être pas. Je n'en sais rien. C'est nul.

Mais le jeudi après-midi, entre la fin des cours et le début de la répète, je l'aperçois enfin qui sort des toilettes près du préau.

— Leah ! (Je cours l'enlacer.) Où étais-tu passée ?

Elle se raidit sous mon étreinte. Je recule d'un pas.

— Euh, tout va bien ?

Elle me lance un regard acéré.

— Je n'ai même pas envie de te parler, dit-elle, avant de tirer sur son haut et de croiser les bras sous sa poitrine.

— Quoi ? (Je la dévisage.) Leah, qu'est-ce qui s'est passé ?

— À toi de me le dire ! rétorque-t-elle. C'était bien, vendredi ? Vous vous êtes bien éclatés, avec Nick et Abby ?

Un silence.

— Je ne sais pas ce que tu veux que je te dise. Je suis vraiment désolé.

— Tu parles, dit-elle.

Deux élèves de seconde nous dépassent au galop, en criant, avant de percuter la porte de plein fouet. Nous suspendons notre conversation.

— Écoute, je suis désolé, dis-je une fois que la porte s'est refermée sur les deux gêneuses. Honnêtement, si c'est de Nick et Abby qu'il s'agit, je ne sais pas quoi te dire.

— Ben voyons, parce que c'est forcément d'eux qu'il s'agit. Enfin... (Elle secoue la tête en ricanant.) Laisse tomber.

— Enfin, quoi ? Est-ce que tu veux en parler une bonne fois pour toutes, ou bien veux-tu t'en tenir à tes sarcasmes et tes cachotteries ? Parce que si c'est juste pour te payer ma tête, sérieux, prends un numéro et fais la queue !

— Oh, pauvre Simon.

— Okay, tu sais quoi ? Laisse tomber. Je vais me rendre à cette foutue générale. Tu n'auras qu'à venir me trouver quand tu en auras assez de jouer les grincheuses.

Je fais volte-face et me mets en route en essayant d'ignorer la boule qui se forme dans ma gorge.

— Génial, dit-elle. Amuse-toi bien. Embrasse ta meilleure amie pour la vie de ma part.

— Leah. (Je me retourne.) S'il te plaît. Arrête.

Elle secoue légèrement la tête, aspire ses lèvres, elle n'en finit pas de cligner des yeux.

— Non, pas de problème. Mais la prochaine fois que vous décidez de passer la soirée sans moi, dit-elle, envoie-moi des photos ou quelque chose. Que je puisse faire semblant d'avoir encore des amis.

Puis elle émet une espèce de sanglot avorté avant de me bousculer pour foncer droit sur la porte. Et pendant toute la répétition, je n'entends plus que ce son, encore et encore.

CHAPITRE TRENTE

Je rentre à la maison, et tout ce que je veux, c'est marcher quelque part. N'importe où. Mais en l'état actuel des choses, je ne suis même pas autorisé à promener mon chien. Je me sens si agité, si bizarre, si malheureux.

Je déteste quand Leah en a après moi. Je déteste ça. Je ne dis pas que ça n'arrive pas souvent, parce qu'avec elle, il y a comme une sorte de courant émotionnel sous-jacent qui m'échappe toujours. Mais cette fois, c'est pire. Elle s'est montrée si cruelle, à tous les points de vue.

Et puis, c'est la première fois que je la vois pleurer.

Le dîner se compose de sandwiches au fromage et d'Oreo, parce que mes parents sont encore au travail et que Nora est une fois de plus dehors. Puis je passe le gros de ma soirée à contempler le ventilateur du plafond de ma chambre. Je n'ai pas la force de faire mes devoirs. Personne ne s'attend à ce que je les fasse, de toute façon, avec la première demain. J'écoute de la musique, je m'ennuie, je me sens anxieux et, pour tout dire, misérable.

Puis, aux alentours de 21 heures, mes parents pénètrent dans ma chambre pour une Discussion. Alors même que je pensais avoir touché le fond.

— Je peux m'asseoir ? demande ma mère, qui lévite plus ou moins à l'autre bout de mon lit.

Je hausse les épaules, elle s'assied, et mon père prend place dans le fauteuil de bureau.

Les mains calées sous la tête, je soupire.

— Laissez-moi deviner. Il faut boire avec modération.

— Je... oui, voilà, dit mon père, avec modération.

— Entendu.

Ils échangent un regard. Mon père s'éclaircit la gorge.

— Je te dois des excuses, fiston.

Je le regarde.

— Ta remarque, vendredi. Concernant les blagues sur les gays.

— Je n'étais pas sérieux, dis-je. Ce n'est pas grave.

— Si, insiste mon père. Si, c'est grave.

Je hausse les épaules.

— Écoute, je vais le dire une bonne fois pour toutes, au cas où le message se serait perdu en cours de route. Je t'aime. Je t'adore. Quoi qu'il arrive. Et je sais que ça doit être génial d'avoir un papa cool.

— Ahem, interrompt ma père.

— Pardon. Des parents cool. Des parents hardcore, hipster, qui roxxent.

— Oh, c'est l'extase, dis-je.

— Mais n'hésite pas à tirer sur la bride au besoin, okay ? Avec moi, surtout, dit-il en se frottant le menton.

Je sais que je ne t'ai pas rendu le coming out facile. Nous sommes très fiers de toi. Tu en as dans le ventre, fiston.

— Merci.

Je m'adosse contre le mur, en me disant que c'est le moment pour eux de m'ébouriffer les cheveux avec un *dors bien, fiston* et un *ne veille pas trop tard*.

Mais ils ne bougent pas d'un pouce. Alors j'ajoute :

— Soit dit en passant, je savais bien que tu n'étais pas sérieux. Ce n'est pas pour cette raison que je n'avais pas envie de faire mon coming out.

Mes parents échangent un regard.

— Puis-je te demander quelle était la vraie raison ? demande ma mère.

— Aucune raison précise, en fait. C'est juste que je n'avais pas envie d'en parler. Je savais que ça ferait toute une histoire. Je ne sais pas.

— Ça a fait toute une histoire ?

— Ben, oui.

— Je suis désolée, dit-elle. Est-ce qu'on en a fait toute une histoire ?

— Oh, bon sang. Sérieux ? Tout est toujours une histoire, avec vous.

— Vraiment ? demande-t-elle.

— Quand j'ai commencé à boire du café. Quand j'ai commencé à me raser. Quand j'ai eu ma première copine.

— Mais c'est parce que c'est palpitant, tout ça, dit-elle.

— Pas tant que ça, dis-je. C'est... Ça me dépasse. Vous faites une fixette sur mes moindres faits et gestes.

Limite, je peux pas changer de chaussettes sans qu'on en parle.

— Ah, fait mon père. En gros, ce que tu essaies de nous dire, c'est qu'on est vraiment craignos.

— Voilà.

Ma mère s'esclaffe.

— Oh, mais c'est parce que tu n'es pas encore parent, alors tu ne peux pas comprendre. Comment t'expliquer… tu fais un bébé, qui, petit à petit, commence à faire des choses de lui-même. Au début, je remarquais le moindre changement, et c'était fascinant. (Elle esquisse un sourire triste.) Mais maintenant, je manque des étapes. Des petites choses. C'est difficile de s'y résoudre.

— Mais j'ai dix-sept ans. Vous ne trouvez pas ça normal, que je change ?

— Bien sûr que si. Et j'adore ça. C'est la période la plus exaltante, dit-elle en pressant le bout de mon pied. Tout ce que je dis, c'est que j'aimerais pouvoir encore assister à la métamorphose.

Je ne sais pas trop quoi dire.

— Vous êtes tous si grands, maintenant, poursuit-elle. Tous les trois. Et vous êtes très différents. C'était déjà le cas quand vous étiez petits… Alice était si intrépide, Nora si timide, et toi un vrai boute-en-train. Tout le monde ne cessait de répéter que tu étais bien le fils de ton père.

Mon père sourit de toutes ses dents. Honnêtement, ça me laisse un peu sans voix. Jamais, au grand jamais, je ne me serais décrit comme ça.

— Je me rappelle encore la première fois que je t'ai tenu dans mes bras. Ta petite bouche. Tu t'es jeté sur mon sein…

— Maman !

— Tu n'as pas idée. Un moment magique. Ton père est venu avec ta sœur, elle n'arrêtait pas de répéter « non bébé ! », poursuit ma mère en riant. Je ne pouvais détacher mes yeux de toi. Je n'arrivais pas à croire que nous avions donné naissance à un garçon. Nous étions tellement habitués à nous considérer comme les parents d'une petite fille… un nouveau monde s'ouvrait à nous.

— Désolé, pour ce qui est d'être un garçon je n'ai pas vraiment été à la hauteur, dis-je.

Mon père pivote dans son siège pour me faire face.

— Tu plaisantes, j'espère ?

— Un peu.

— Tu es un garçon du tonnerre ! dit-il. Un vrai ninja !

— Je te remercie.

— Mais je t'en prie.

La porte d'entrée claque, suivie de bruits de griffes de chien martelant le parquet : Nora est rentrée.

— Écoute, reprend ma mère en tapotant mon pied. Sans vouloir te coller la honte, je peux te demander une faveur ? Tiens-nous au courant quand tu le peux, et promis, on essaiera de se calmer niveau fixettes.

— Ça me semble honnête, dis-je.

— Bien.

Ils échangent un nouveau regard.

— Quoi qu'il en soit, j'ai autre chose pour toi.

— Encore une anecdote gênante sur mon allaitement ?

— Oh si tu savais, tu raffolais de ses seins ! dit mon père. Je n'arrive pas à croire que tu sois gay.

— Très drôle, papa.

— Je sais, je sais, dit-il, avant de se lever pour tirer un objet de sa poche. Tiens, ajoute-t-il en me le lançant. Mon téléphone.

— Tu es toujours consigné, mais avec une permission pour le week-end. Tu pourras récupérer ton ordinateur après la pièce demain, si tu as bien appris ton texte.

— J'ai un rôle muet, dis-je lentement.

— Alors tu n'as aucun souci à te faire, fiston.

C'est drôle, pourtant : même sans texte à bafouiller, je me sens nerveux. Excité, agité, remonté... et nerveux. À peine la cloche a-t-elle sonné que Mme Albright vient chercher Abby, Martin, Taylor et quelques autres pour un rab d'échauffement en salle de musique, pendant que le reste de la troupe mange de la pizza dans l'auditorium. Cal court dans tous les sens, jonglant entre les techniciens, et je suis plutôt soulagé de traîner avec une bande de terminales pour le moment. Pas de Calvin Coolidge, de Martin Van Buren ou d'autre pseudo-président pour me troubler. Pas de Leah pour m'éventrer du regard.

Le spectacle commence à 19 heures, mais Mme Albright insiste pour qu'on soit en costume une heure plus tôt. Je mets mes lentilles et me change avant de m'asseoir dans le vestiaire des filles en attendant Abby. Il est 17 h 30 quand elle arrive, d'humeur bizarre. C'est à peine si elle me salue.

J'attire ma chaise à elle et la regarde se maquiller.

— Tu as le trac ?

— Un peu.

Le regard plongé dans le miroir, elle applique un peu de mascara sur ses cils.

— Nick vient voir la pièce ce soir, non ?

— Ouaip.

Des réponses courtes, abruptes. Elle semble presque agacée.

— Quand tu auras fini, poursuis-je, tu voudras bien me rendre beau à tomber ?

— L'eye-liner ? demande-t-elle. Okay. Une seconde.

Prenant sa trousse de maquillage, elle tire sa chaise en face de la mienne. Il ne reste plus que nous dans la loge. Elle débouche son crayon et tire sur ma paupière. Je m'efforce de ne pas me tortiller.

— Tu es bien calme, dis-je au bout d'un moment. Tout va bien ?

Pas de réponse. Le crayon frotte le long de mes cils. Scritch scritch scritch.

— Abby ?

Le crayon se soulève. J'ouvre les yeux.

— Garde-les fermés encore une minute, ordonne-t-elle.

Avant de s'attaquer à mon autre paupière. Elle travaille un moment en silence. Puis demande :

— C'était quoi cette histoire avec Martin ?

— Comment ça ?

Mon estomac fait un salto.

— Il m'a tout raconté, explique-t-elle, mais j'aimerais l'entendre de ta bouche.

Je me pétrifie sur place. *Tout raconté.* Qu'est-ce qu'elle entend par là ?

— Tu veux dire, le chantage ?

— Oui, dit-elle. C'est ça. Okay, tu peux ouvrir. (Elle se met à suivre le contour de ma paupière inférieure. Je me retiens de cligner.) Pourquoi tu ne m'as rien dit ?

— Parce que… Je ne sais pas. Je n'en ai parlé à personne.

— Et tu t'es laissé faire ?

— Je n'avais pas exactement le choix.

— Mais tu savais bien qu'il ne m'attirait pas, non ?

Elle rebouche le crayon.

— C'est vrai.

Elle recule un instant pour m'examiner, avant de se pencher de nouveau avec un soupir.

— Je vais égaliser, dit-elle.

Elle se mure à nouveau dans le silence.

— Je suis désolé. (Soudain, le besoin désespéré qu'elle comprenne.) Je ne savais pas quoi faire. Il allait le dire à tout le monde.

— Oui.

— Et puis il a mis sa menace à exécution, et regarde le résultat…

— Non, je comprends, dit-elle.

Elle achève son œuvre, puis estompe le tout du doigt. L'instant d'après, je la sens me passer une espèce de brosse mollasse sur le nez et les joues.

— C'est fini, annonce-t-elle.

J'ouvre les yeux. Elle me regarde, les sourcils froncés.

— C'est juste… tu sais ? Je comprends que c'était intenable pour toi, comme situation. Mais tu n'as pas à me dicter ma vie amoureuse. C'est à moi de décider avec qui je sors. (Elle hausse les épaules.) Je pensais que tu comprendrais ça.

— Je suis vraiment désolé.

Je baisse la tête. Franchement, j'aimerais tellement pouvoir disparaître.

— Enfin. Ce qui est fait est fait. (Elle hausse les épaules.) Je vais rejoindre le plateau, d'accord ?

— D'accord.

— Tu trouveras peut-être quelqu'un d'autre pour te maquiller demain, ajoute-t-elle.

La pièce se déroule sans anicroche. Mieux que ça, même. Taylor est parfaitement sincère, Martin parfaitement grincheux, Abby tellement vivante et drôle que j'ai peine à croire que notre conversation dans la loge a eu lieu. Mais une fois le rideau tombé, elle disparaît sans dire au revoir et, lorsque j'ai fini de me changer, Nick est déjà parti. Je ne sais même pas si Leah est venue.

Alors, voilà. La pièce était géniale. C'est moi qui suis misérable.

Je retrouve mes parents et Nora dans le préau ; mon père est armé d'un énorme bouquet de fleurs, tout droit sorti d'un bouquin du Dr Seuss. Parce que même avec un rôle muet, je suis le messie de l'art dramatique, apparemment. Pendant tout le trajet du retour, ils fredonnent les chansons du spectacle, s'extasient sur la voix de Taylor et me demandent si je suis copain avec ce gamin hilarant qui portait la barbe. Martin. Tu parles d'une question.

À peine rentré, je retrouve mon ordinateur. Pour être honnête, je me sens plus perdu que jamais.

Certes, ce n'est pas vraiment une surprise que Leah m'en veuille pour vendredi dernier. Je trouve qu'elle en fait un peu trop, mais je la comprends. Ça me pendait au nez. Mais Abby ?

Franchement, ça me scie. C'est bizarre, parce qu'avec tous les trucs dont je me sens coupable, jamais il ne me serait venu à l'idée de m'en vouloir pour Abby. Mais quel con je fais. Parce que l'amour, ça ne se dicte pas, ça ne s'impose pas, ça ne se manipule pas. Je suis bien placé pour le savoir.

Je suis vraiment un ami de merde. Pire que ça, même, parce que je devrais être en train de ramper devant Abby pour lui demander pardon, et que je ne le fais même pas. Trop occupé que je suis à me demander ce que Martin a pu lui dire exactement. Parce que je n'ai pas l'impression qu'il ait mentionné quoi que ce soit en dehors du chantage.

Ce qui peut vouloir dire qu'il refuse d'admettre que c'est lui, Blue. Ou que ce n'est pas lui, tout simplement.

Et la seule idée que Blue puisse être un autre que Martin me redonne une bouffée d'espoir.

D'espoir authentique, en dépit du pétrin dans lequel je me suis fourré. En dépit des complications. En dépit de tout. Parce que, même avec toutes les conneries qui me sont tombées dessus cette semaine, je tiens toujours à Blue.

Mes sentiments pour lui, pareils à un pouls doux et persistant, soulignent chaque chose.

Je me connecte à la boîte mail de Jacques et, tout de suite, une évidence s'impose. Ce n'est pas de la logique Simon. Mais un fait objectif, indiscutable.

Chacun des e-mails de Blue comporte une date – et une heure.

Beaucoup ont été envoyés juste après les cours. D'autres quand j'étais en répétition. Ce qui veut dire que Martin aussi était en répétition, et qu'il n'avait ni le temps ni la connexion nécessaire pour m'écrire.

Blue n'est pas Martin. Ce n'est pas Cal. C'est juste quelqu'un.

Je retourne au début, en août dernier, pour tout relire dans l'ordre. Les en-têtes de ses mails. Chaque ligne de chacun de ses messages.

Je n'ai pas la moindre idée de son identité. Pas le moindre début d'indice.

Mais je crois que je suis en train de retomber amoureux.

CHAPITRE TRENTE ET UN

À : bluegreen118@gmail.com
DE : hourtohour.notetonote@gmail.com
ENVOYÉ LE 25/01 À 09 H 27
OBJET : Nous

Blue,

J'ai passé mon week-end à écrire, effacer, puis réécrire cet e-mail, et je n'y arrive toujours pas. Mais il faut que je le fasse. Alors je me lance.

Il y a longtemps que je ne t'ai plus écrit, je le sais. Ces dernières semaines ont été bizarres.

Tout d'abord, je tiens à te dire ceci : je sais qui tu es.

Bien sûr, je ne sais toujours pas ton nom, ni à quoi tu ressembles, ni tout le reste. Mais il faut que tu comprennes ceci : je te connais vraiment. Je sais que tu es intelligent, attentionné, original et drôle. Que tu es à l'écoute, sans te montrer indiscret. Que tu es sincère. Tu réfléchis trop, tu te rappelles des détails, et tu dis toujours, toujours exactement ce qu'il faut.

Et du coup, je me suis rendu compte que j'avais passé énormément de temps à penser à toi, à relire tes e-mails, à essayer de te faire rire. Mais que j'en avais passé très peu à te dire les choses clairement, à prendre des risques et à mettre mon cœur dans la balance.

À l'évidence, je ne sais absolument pas ce que je fais, là, mais ce que j'essaie de te dire, c'est que tu me plais. Non, c'est plus que ça. Quand je flirte avec toi, ce n'est pas pour rire, et quand je dis vouloir te connaître, ce n'est pas simplement par curiosité. Je ne vais pas prétendre savoir comment tout ça se terminera, et je ne sais absolument pas s'il est possible de tomber amoureux par mail. Mais j'aimerais vraiment te rencontrer, Blue. J'ai envie de tenter le coup. Et je n'arrive pas à élaborer de scénario dans lequel je ne suis pas pris d'une furieuse envie de t'embrasser dès le moment où je te vois.

Histoire que ça soit parfaitement clair.

Alors voilà, ce que j'essaie de te dire, c'est qu'il y a une fête foraine qui déchire tout sur le parking du centre commercial Perimeter aujourd'hui, et qu'apparemment c'est ouvert jusqu'à 21 heures.

Pour ce que ça vaut, j'y serai vers 18 h 30. Et j'espère t'y voir.

Je t'embrasse,

Simon.

CHAPITRE TRENTE-DEUX

Je clique sur « envoi » en essayant de ne pas y penser mais, pendant le trajet jusqu'au lycée, je suis trop agité et survolté pour tenir en place. Et ce n'est pas Sufjan Stevens à plein volume qui va arranger quoi que ce soit, ce qui explique probablement pourquoi les gens n'écoutent jamais Sufjan Stevens à plein volume. Mon estomac tourne en mode essorage.

J'enfile d'abord mon costume à l'envers, puis passe dix minutes à chercher mes lentilles de contact avant de me rappeler que je les porte déjà. Ma nervosité n'a rien à envier à celle de Martin ; la pauvre Brianna met un temps fou à appliquer mon eye-liner. Et tout le temps que durent les préparatifs, le speech d'encouragement et l'ouverture, mon cerveau reste bloqué sur Blue Blue Blue.

Je ne sais pas comment j'arrive au bout de la représentation. Honnêtement ? Je ne m'en rappelle pas la moitié.

Après le spectacle, on assiste à un festival sirupeux d'embrassades et de remerciements au public, aux techniciens et à l'orchestre. Toutes les terminales reçoivent des roses ; Cal, lui, a droit à un bouquet entier. Quant à

Mme Albright, son bouquet bat tous les records. Mon père appelle ça le Festival des Pleurs de la Matinée Dominicale, lequel aura rapidement engendré l'Inévitable Conflit du Golfe du Dimanche Après-Midi. Je ne peux pas lui en vouloir.

Mais je revois Mme Albright en train de dire à un parterre de secondes et de premières d'aller grosso modo se faire foutre. Et à quel point elle semblait furieuse et déterminée, assise au premier rang d'un théâtre désert.

J'aurais dû lui apporter un autre bouquet, une carte, voire un putain de diadème. Je ne sais pas. Un cadeau personnel.

Puis il faut se rhabiller. Et démonter le décor. Tout ça prend des heures. Je ne porte pas de montre, mais je n'arrête pas de sortir mon téléphone de ma poche pour regarder l'heure. 17 h 24. 17 h 31. 17 h 40. Chaque fibre de mon être tortille, tressaute et hurle d'impatience.

À 18 heures, je m'en vais. Je franchis la porte, tout simplement. Il fait si bon dehors. Enfin, bon pour un mois de janvier. J'essaie de calmer mon excitation, parce que qui sait ce qui se trame dans la tête de Blue, et qui sait dans quoi je me suis embarqué. Mais c'est plus fort que moi. J'ai un bon pressentiment.

Je n'arrête pas de penser aux paroles de mon père. *Tu en as dans le ventre, fiston.*

Peut-être bien.

La fête foraine sera le terrain de notre fête de fin de spectacle, aussi tout le monde se rend directement au centre commercial en sortant du lycée. Tous sauf moi. Je bifurque à gauche au carrefour pour passer à la maison. Parce que, rien à foutre qu'on soit en janvier, je veux mon T-shirt.

Il m'attend sous mon oreiller, doux, blanc et soigneusement plié, avec son torrent de volutes rouges et noires surmontées d'une photo d'Elliott. En noir et blanc, à l'exception de sa main. Je l'enfile en vitesse et attrape un cardigan. J'ai intérêt à me dépêcher si je veux arriver à 18 h 30 au centre commercial.

Sauf qu'il y a un truc rigide qui me pique entre les omoplates, à ce fameux endroit qu'on n'arrive jamais tout à fait à gratter. Je glisse un bras sous le T-shirt. Un bout de papier est scotché à l'intérieur du tissu. Je l'attrape et tire dessus.

Encore un message écrit sur du papier canson bleu-vert. Ça commence par un post-scriptum. Je le lis, les mains tremblantes.

P.S. : J'adore cette façon que tu as de sourire comme si tu ne t'en rendais pas compte. J'adore tes cheveux perpétuellement en bataille. J'adore cette façon que tu as de soutenir le regard des autres un poil plus longtemps que nécessaire. Et j'adore tes yeux gris lune. Alors, si tu crois que tu ne me plais pas, Simon, tu as perdu la boule.

Et, en dessous, il a inscrit son numéro de téléphone.

Des fourmillements se répercutent depuis un point en dessous de mon estomac, dévastateurs, merveilleux, presque insupportables. Jamais je n'ai senti à ce point les battements de mon cœur. Blue, son écriture verticale, et le verbe *adore* répété encore et encore.

Et son numéro de téléphone. Je pourrais l'appeler sur-le-champ pour savoir qui il est.

Mais je crois que je ne vais pas le faire. Pas tout de suite. Parce que, pour autant que je sache, il m'attend peut-être en cet instant même. Pour de vrai. En personne. Ce qui veut dire que je dois me rendre au centre commercial FISSA.

Il est presque 19 heures quand j'arrive, et je me donnerais des baffes d'arriver si tard. Il fait déjà nuit, mais la fête foraine bat son plein, bruyante, illuminée, vivante. J'adore ce genre de foire éphémère. J'adore le fait qu'en plein mois de janvier, un parking puisse se transformer en Coney Island l'été. J'aperçois Cal, Brianna et quelques terminales qui font la queue pour prendre des billets, et me dirige vers eux.

J'ai peur qu'il fasse trop sombre. Et j'ai peur, bien sûr, que Blue soit venu et déjà reparti. Mais comment savoir, alors que je ne sais même pas qui je cherche ?

On achète tous une tonne de tickets avant de faire le tour des attractions. Il y a une grande roue, un carrousel, un manège de tasses et des balançoires volantes. On replie nos jambes pour monter dans le petit train, aussi. Puis on prend tous des chocolats chauds, qu'on boit assis sur le trottoir à côté du stand.

Je dévisage chaque passant et, chaque fois que l'un d'entre eux baisse les yeux pour me regarder, mon cœur s'emballe.

Je remarque Abby et Nick assis devant les jeux. Ils mangent du popcorn, main dans la main. Il y a une flopée d'animaux en peluche alignés aux pieds de Nick.

— Je refuse de croire qu'il les a tous gagnés pour toi, dis-je à Abby.

L'angoisse m'étreint. Je ne suis pas sûr qu'on se parle toujours.

Mais elle me sourit.

— Même pas. C'est moi qui les ai gagnés pour lui.

— C'est le jeu de la grue, explique Nick. Elle déchire tout. Je crois qu'elle triche.

Il lui donne un coup de coude.

— Rêve toujours, répond Abby.

Je ris, un peu gêné.

— Viens t'asseoir avec nous, lance-t-elle.

— Tu es sûre ?

— Mais oui, dit-elle en se serrant contre Nick pour me faire de la place.

Avant de poser la tête sur mon épaule un moment et de murmurer :

— Je suis désolée, Simon.

— Tu plaisantes ? C'est moi qui suis désolé, dis-je. Sincèrement.

— Après mûre réflexion, je pense que le chantage compte parmi les circonstances atténuantes.

— Oh, vraiment ?

— Vraiment, confirme-t-elle. Et puis, impossible de rester fâchée quand je nage dans le bonheur.

Je ne vois pas le visage de Nick, mais il tapote la pointe de sa basket contre la ballerine d'Abby. Et ils semblent se coller un peu plus l'un contre l'autre. Je lance :

— Vous allez devenir un de ces couples insupportables, n'est-ce pas ?

— Sans doute, dit Nick.

Abby me regarde et demande :

— Alors, c'est ça le fameux T-shirt ?

— Quoi ?

Je rougis.

— Le T-shirt pour lequel monsieur l'ivrogne m'a fait traverser la ville en voiture.

— Oh. Oui.

— Je suppose qu'il y a une histoire derrière ?

Je hausse les épaules.

— Ça a un rapport avec le mec que tu cherches ? demande-t-elle. C'est bien une histoire de mec ?

Je manque de m'étouffer.

— Le mec que je cherche ?

— Simon, dit-elle en posant la main sur mon bras. Tu es clairement à la recherche de quelqu'un. Tu n'arrêtes pas de regarder partout.

Je me cache le visage.

— Hmpf.

Elle écarte mes mains pour m'attraper le menton et tourner mon visage vers le sien.

— J'espère que tu vas le retrouver, okay ? dit-elle.
Okay.

Mais il est 20 h 30 et je ne l'ai toujours pas trouvé.
Ou lui ne m'a pas trouvé. Difficile de savoir quoi penser.
Je lui plais. Du moins, c'est ce qui ressortait de son
mot. Un mot écrit il y a deux semaines. Ça me tue. Deux
semaines à dormir avec ce T-shirt sous mon foutu oreiller,
sans même savoir ce qui se cachait à l'intérieur. Je sais
que je me répète, mais je suis vraiment un crétin fini.
Parce que, bon, il pourrait très bien avoir changé
d'avis en deux semaines.
La fête foraine ferme dans une demi-heure, mes
amis sont tous rentrés. Je devrais faire de même. Mais
il me reste quelques tickets. Je gaspille le gros de mon
butin à jouer à des jeux d'arcade et garde le dernier pour
un tour dans les tasses. Je suppose que c'est le dernier
endroit où je trouverai Blue, aussi l'ai-je évité toute la soirée.
Personne ne fait la queue ; je rejoins directement l'entrée. Le manège dispose de nacelles en métal avec un toit
arrondi, équipées en leur centre d'un volant métallique qui
sert à faire tournoyer la tasse. Le plateau qui les soutient
tourne à toute vitesse. Le but du jeu : vous donner le
tournis. Ou vous vider la tête, qui sait.
Je suis tout seul sur mon siège, la ceinture serrée au
maximum. Un groupe de filles se serrent dans la nacelle
d'à côté. L'opérateur les suit pour verrouiller la barrière.
Presque toutes les autres tasses sont vides. Je renverse la
tête contre la paroi, les yeux clos.

C'est alors que quelqu'un s'installe à côté de moi.

— Je peux m'asseoir ici ? demande-t-il, et je sursaute en ouvrant les yeux.

C'est le joli Bram Greenfeld, avec ses yeux doux et ses mollets de footeux.

Je desserre la ceinture pour lui faire de la place. Avec un sourire. Impossible de ne pas lui sourire.

— J'aime beaucoup ton T-shirt, dit-il.

Il semble nerveux.

— Merci. C'est Elliott Smith.

L'opérateur tend le bras pour nous enfermer derrière le garde-fou.

— Je sais, répond Bram.

Il y a quelque chose dans le ton de sa voix. Je me tourne vers lui, lentement : ses yeux sont larges et bruns.

Une pause. On se regarde toujours. Puis cette sensation dans mon estomac, comme un ressort tendu à l'extrême.

— C'est toi, dis-je.

— Je suis en retard, je sais, répond-il.

Puis un bruit de ferraille, une secousse, la musique qui enfle. Quelqu'un hurle puis s'esclaffe, et le manège prend vie.

Bram a les yeux bien fermés et le menton bloqué. Parfaitement silencieux, il se couvre le nez et la bouche des mains. Je serre le volant pour le maintenir en place, mais il n'arrête pas de tourner dans le sens des aiguilles d'une montre. À croire que la nacelle insiste pour pivoter. Ce qu'elle fait, sans relâche.

— Désolé, dit-il lorsque le tour prend fin, la voix ténue et les paupières encore serrées.

— Ce n'est rien, dis-je. Tu te sens bien ?

Il acquiesce, respire un coup, et répond :

— Oui. Ça va aller.

On descend du manège pour aller s'asseoir sur le trottoir, où il se penche en avant, la tête calée entre les genoux. Je m'installe à côté de lui, gêné, agité, presque ivre.

— Je viens de voir ton mail, dit-il. J'étais sûr de t'avoir manqué.

— Je n'arrive pas à croire que c'est toi.

— C'est bien moi. (Il ouvre un œil.) Tu n'avais vraiment pas deviné ?

— Je n'en avais pas la moindre idée.

J'étudie son profil. Des lèvres qui ferment à peine, comme s'il suffisait de les effleurer pour qu'elles s'écartent. Des oreilles un peu grandes, deux taches de rousseur sur sa pommette. Et des cils spectaculaires.

Il se tourne vers moi. Je fuis son regard.

— Moi qui croyais être évident, dit-il.

Je secoue la tête.

Il fixe l'horizon.

— Je crois que j'avais envie que tu devines.

— Dans ce cas, pourquoi n'avoir rien dit ?

— Parce que… commence-t-il, et sa voix tremble un peu.

Et je meurs d'envie de le toucher. Honnêtement, jamais je n'ai autant désiré quelque chose de toute ma vie.

— Parce que, si tu avais vraiment voulu que ce soit moi, je pense que tu l'aurais deviné tout seul.

Je ne sais pas trop quoi répondre à ça. Je ne sais pas si c'est vrai ou non. Je proteste :

— Tu ne m'as jamais laissé le moindre indice !.

— Mais si, dit-il avec un sourire. Mon adresse mail.

— Bluegreen118 ?

— Bram Louis Greenfeld. Et mon anniversaire.

— Bon sang. Quel idiot je fais !

— Mais non, dit-il d'une voix douce.

Mais si. Je suis un idiot. Je voulais que ce soit Cal. Et je suppose que je m'attendais à ce que Blue soit blanc. Je ne sais même pas pourquoi. Parce qu'être blanc, c'est la norme. C'est comme être hétéro. Seuls ceux qui ne le sont pas doivent se déclarer.

— Je te demande pardon, dis-je.

— De quoi ?

— De n'avoir pas su décrypter.

— Mais ça aurait été injuste de ma part d'exiger ça, dit-il.

— Tu as bien deviné qui j'étais, toi.

— Ah, ça, dit-il avec un léger sourire, avant de détourner le regard.

On reste assis en silence, les yeux rivés sur les manèges qui se ferment et s'éteignent. Immobile, plongée dans les ténèbres, la grande roue se pare d'une beauté inquiétante. De l'autre côté de la foire, les lumières du centre commercial s'éteignent. Mes parents m'attendent à la maison, je le sais.

Mais je me rapproche de Bram, jusqu'à ce que nos bras s'effleurent et que je le sente frémir. Nos auriculaires sont à deux ou trois centimètres l'un de l'autre, comme reliés par un courant invisible.

— Mais je ne vois pas pour le président, dis-je.

— Pardon ?

— Le même prénom qu'un ancien président ?

— Oh. Abraham.

— Ooh.

On reste silencieux un moment.

— Et je n'arrive pas à croire que tu sois monté dans les tasses pour moi.

— Tu dois vraiment me plaire, déclare-t-il.

Alors je me penche vers lui, le cœur dans la gorge.

— J'ai envie de te tenir la main, dis-je à voix basse.

Parce qu'on est en public. Parce que je ne sais pas s'il est out.

— Alors prends-la, répond-il.

Je la prends.

CHAPITRE TRENTE-TROIS

Le lundi suivant, en cours, mes yeux tombent immédiatement sur Bram. Assis sur le canapé à côté de Garrett, il porte une chemise sous un pull, et il est tellement adorable que c'est à peine si je supporte de le regarder.

— Salut, salut, dis-je.

Il me sourit comme s'il m'attendait, et se pousse un peu pour me faire de la place.

— Bien joué ce week-end, Spier, lance Garrett. Tu étais à mourir de rire.

— Je ne savais pas que tu étais venu.

— Penses-tu, répond-il. Greenfeld m'a obligé à voir les trois représentations.

— Oh, vraiment ? dis-je avec un sourire à Bram.

Lequel me rend mon sourire, et je me sens tout chose, le souffle court, en mille morceaux. Je n'ai pas dormi de la nuit. Pas une seconde. En gros j'ai passé dix heures à m'imaginer cet instant, et maintenant que j'y suis, je n'ai pas la moindre idée de ce que je suis censé dire. Probablement un truc trop classe, plein d'esprit, sans aucun rapport avec les cours.

Mais certainement pas…

— Tu as fini le chapitre ?

— Oui, répond-il.

— Pas moi.

Et il me sourit, et je lui rends son sourire. Puis je rougis, il baisse les yeux, et le tout vire à la pantomime nerveuse.

M. Wise entre dans la classe et se met à lire des passages de *L'Éveil*. On est censés suivre sur nos bouquins, mais je perds sans arrêt le fil. Je n'ai jamais été aussi distrait. Alors je me penche pour suivre avec Bram, qui se tourne vers moi. Je suis parfaitement en phase avec chacun de nos points de contact. Comme si nos terminaisons nerveuses avaient trouvé le moyen de s'échapper de nos vêtements.

Puis Bram étire les jambes et pousse mon genou du sien. Ce qui veut dire que je passe le reste de l'heure à contempler le genou de Bram. Son jean est un peu élimé par endroits, et je devine une minuscule parcelle de peau brune entre les fibres du tissu. Et je n'ai qu'une envie, c'est de la toucher. À un moment donné, Bram et Garrett se tournent tous les deux pour me regarder : j'ai laissé échapper un soupir.

Après le cours, Abby me passe le bras autour des épaules en remarquant :

— Je ne savais pas que vous étiez si proches, Bram et toi.

— Chut, dis-je, les joues en feu.

Foutue Abby. Rien ne lui échappe.

Je ne m'attends pas à le revoir avant le déjeuner, mais il se matérialise devant mon casier au début de la pause.

— On devrait aller quelque part, déclare-t-il.

— Tu veux dire sortir de l'établissement ?

Techniquement, seules les terminales en ont l'autorisation, mais les agents de sécurité ne sont pas censés savoir que nous ne sommes pas en terminale. Je suppose.

— Tu l'as déjà fait ?

— Non, répond-il.

Tout doucement, l'espace d'un instant, il presse mes doigts.

— Moi non plus, dis-je. Okay.

Alors on sort par la porte de service et on traverse rapidement le parking en prenant notre courage à deux mains. L'averse matinale a laissé derrière elle une atmosphère glaciale.

La Honda Civic de Bram est vieille, confortable, d'une propreté irréprochable. À peine à l'intérieur, il met le chauffage au maximum. Un câble auxiliaire s'échappe de la prise allume-cigare, relié à un iPod. Il me dit de choisir la musique. Je ne sais pas s'il s'en rend compte, mais me passer son iPod, c'est comme m'ouvrir la fenêtre de son âme.

Et évidemment que sa sélection musicale est parfaite. Beaucoup de classiques de la soul et de hip-hop récent. Des brassées de bluegrass. Une seule chanson de Justin Bieber, comme un plaisir coupable. Et, sans exception, chaque album ou artiste que j'ai pu mentionner dans mes e-mails.

Je crois que je suis amoureux.

— Alors, où est-ce qu'on va ? je lui demande.

Il me regarde avec un sourire.

— J'ai une idée.

Je me cale contre l'appuie-tête, toujours plongé dans sa bibliothèque musicale, tandis que le chauffage ramène mes doigts à la vie. Il se remet à pleuvoir. Je regarde les gouttelettes tracer des diagonales étriquées le long de la vitre.

J'arrête mon choix et presse play. La voix d'Otis Redding s'échappe doucement des haut-parleurs. *Try A Little Tenderness*. Je monte le son.

Avant d'effleurer le coude de Bram.

— Tu n'es guère bavard, dis-je.

— Maintenant, ou en général ?

— Les deux, en fait.

— Disons que je ne suis pas bavard avec toi, dit-il avec un sourire.

Sourire que je lui rends.

— Serais-je un de ces mecs craquants qui te font perdre tes moyens ?

Il serre le volant.

— Il n'y en a qu'un, et c'est toi.

Il nous conduit jusqu'à un petit centre commercial près du lycée et se gare devant le Publix.

— On va faire des courses ?

— On dirait bien, dit-il avec une étincelle de sourire.

Bram le Mystérieux. On court sous la pluie, les mains sur la tête pour se protéger des gouttes.

Alors qu'on pénètre dans l'entrée aux lumières vives, mon téléphone vibre dans la poche de mon jean. Trois textos manqués, tous signés Abby.

Tu viens manger ?

Euh, t où ?

Pas de Bram non plus. Comme c étrange. ;-)

Mais voilà Bram, armé d'un panier de courses, les cheveux humides et les yeux lumineux.

— Plus que vingt-sept minutes jusqu'à la fin de la pause, dit-il. Autant diviser pour mieux régner.

— À vos ordres ! Où va-t-on, patron ?

Ma mission : trouver un carton de lait. On se retrouve à la caisse. Je lui demande :

— Et toi, qu'est-ce que tu as pris ?

— De quoi déjeuner, répond-il en me montrant le contenu de son panier, deux gobelets remplis d'Oreo miniatures et une boîte de cuillers en plastique.

Je suis à deux doigts de l'embrasser, là, juste devant le scanner à codes-barres.

Il insiste pour tout payer. La pluie a repris de plus belle, mais on pique un sprint jusqu'à la voiture. J'essuie mes lunettes sur mon T-shirt pour les sécher. Puis Bram met le contact, la chaleur revient, et on n'entend plus que le clapotement de la pluie contre le pare-brise. Il regarde ses mains, un sourire aux lèvres. Avec un doux tiraillement en dessous de l'estomac, je murmure :

— Abraham..

Ses yeux glissent vers moi.

Et la pluie forme comme un rideau, ce qui n'est pas plus mal. Parce que d'un seul coup, voilà que je me penche par-dessus le levier de vitesse, les mains sur ses épaules, le souffle court. Je ne vois plus que ses lèvres. Qui s'écartent délicatement à l'instant même où je m'approche pour l'embrasser.

Je n'ai pas de mots. Calme, pression, rythme et respiration. On n'arrive pas à se dépêtrer de nos nez tout d'abord, mais on finit par trouver le truc, et je me rends compte que j'ai toujours les yeux ouverts. Alors je les referme. Ses doigts effleurent ma nuque, dans un mouvement régulier, presque imperceptible.

Il s'arrête un instant, j'ouvre les paupières, il sourit, alors je souris aussi. Puis il se penche pour m'embrasser de nouveau, doux et léger comme une plume. C'est presque trop parfait. Presque trop Disney. Ça ne peut pas être moi.

Dix minutes plus tard, on mange de la bouillie d'Oreo, main dans la main. Le déjeuner parfait. Plus d'Oreo que de lait. Jamais je n'aurais pensé à prendre des cuillers, mais lui si. Évidemment.

— Et maintenant ?

— On devrait sans doute retourner en cours.

— Non, je parlais de nous. Je ne sais pas ce que tu veux. Je ne sais pas si tu es prêt à t'assumer publiquement, dis-je, mais il me titille la paume de son pouce, et je perds le fil.

Je m'enfonce dans mon siège, la tête tournée vers lui.

— Si tu es pour, je suis pour, déclare-t-il.

— Pour ? Genre, quoi ? Genre être mon petit copain ?

— Oui, absolument. Si c'est ce que tu veux.

— C'est ce que je veux, dis-je.

Mon petit copain. Mon footballeur star, aux yeux marron et à la grammaire impeccable.

Et je n'arrête pas de sourire. Parce que, franchement, il y a des moments où c'est trop de travail que de ne pas sourire.

Ce soir-là, à 20 h 05, Bram Greenfeld n'est plus célibataire sur Facebook. C'est le plus grand moment de toute l'histoire de l'Internet.

À 20 h 11, Simon Spier n'est plus célibataire non plus. Ce qui engendre environ cinq millions de Like et un commentaire instantané d'Abby Suso : *LIKE LIKE LIKE*.

Suivi d'un commentaire d'Alice Spier : *Minute… quoi ?*

Suivi d'un nouveau commentaire d'Abby Suso : *Appelle-moi !!*

Je lui envoie un texto pour lui dire que je l'appellerai demain. J'ai envie de garder ça pour moi ce soir.

Au lieu de ça, j'appelle Bram. J'ai peine à croire que jusqu'à hier, je n'avais même pas son numéro. Il décroche immédiatement.

— Salut, dit-il d'une voix douce. Comme si ce mot n'appartenait qu'à nous.

— Sacré scoop sur Facebook ce soir.

Je m'étends sur mon matelas.

Son rire silencieux.

— En effet.

— Alors, notre prochain coup ? On reste classe ? Ou est-ce qu'on spamme le fil de tout le monde avec des selfies-bisous ?

— Je penche pour les selfies, dit-il. Mais pas plus de deux douzaines par jour.

— Et on devra fêter notre anniversaire chaque semaine. Tous les dimanches.

— Sans oublier notre premier baiser, tous les lundis.

— Et quelques dizaines de posts, chaque soir, pour dire combien on se manque mutuellement.

— Mais c'est vrai que tu me manques, dit-il.

Non mais bon sang, quoi. J'ai choisi ma semaine pour être puni.

— Qu'est-ce que tu fais en ce moment ?

— C'est une invitation ?

— Si seulement…

Il rit.

— Je regarde par la fenêtre, assis à mon bureau, et je te parle.

— Tu parles à ton copain.

— C'est ça, dit-il. (Je l'entends sourire.) À mon copain.

— Bon.

Abby m'accoste devant mon casier.

— Je suis à deux doigts de perdre la tête. Qu'est-ce qui se passe exactement entre toi et Bram ?

— Je, euh…

Je la regarde avec un sourire. Une vague de chaleur monte à mes joues. Elle attend. Et je hausse les épaules. Je ne sais pas pourquoi ça me fait si drôle d'en parler.

— Oh bon sang, regarde-toi !

— Quoi ?

— Tu rougis ! (Elle me tapote les joues.) Pardon, mais t'es tellement mignon, c'est insupportable. Va. Retourne en classe.

Bram est dans mes cours de littérature et d'algèbre, lesquels se résument plus ou moins à deux heures passées à contempler sa bouche avec envie, suivies de cinq autres à imaginer ladite bouche avec envie. Au lieu d'aller à la cantine, nous nous glissons dans l'auditorium. Ça me fait bizarre de voir la scène dépouillée du décor d'*Oliver !* Le concours de talents a lieu vendredi ; quelqu'un a déjà accroché des glands dorés à l'avant du rideau.

On est seuls dans le théâtre, qui me semble trop grand, alors je prends Bram par la main pour le conduire dans le vestiaire des garçons.

— Aha, dit-il tandis que je joue avec le verrou. C'est pour une activité d'intérieur.

— Ouaip, je réponds avant de l'embrasser.

Ses mains se posent sur ma taille, et il m'attire à lui. Il est juste un peu plus grand que moi, il sent le savon Dove et, pour quelqu'un dont la carrière d'embrasseur a démarré hier, il a des lèvres magiques. Douces, tendres, persévérantes. Il embrasse comme chante Elliott Smith.

Puis on prend des chaises, j'installe la mienne de biais afin de poser mes jambes sur ses genoux. Ses doigts martèlent mes tibias, et on parle de tout. De Little Fœtus, gros comme une patate douce. De Frank Ocean, qui est gay.

— Oh, et tu ne devineras jamais qui était bisexuel, apparemment, annonce Bram.

— Qui donc ?

— Casanova !

— Ce foutu Casanova ?

— Je te jure. C'est ce qu'a dit mon père.

— Tu veux me faire croire, dis-je en embrassant son poing, que ton père t'a raconté que Casanova était bisexuel ?

— Sa réponse à mon coming out.

— Tu as un père incroyable.

— Incroyablement mal ajusté, oui.

J'adore son sourire ironique. J'adore le voir se détendre en ma présence. Bref, j'adore. Tout. Il se penche en avant pour se gratter la cheville, et mon cœur se serre. L'éclat doré de sa peau brune sur sa nuque.

Tout.

Je traverse le reste de la journée sur un nuage. Lui seul occupe mes pensées. En arrivant à la maison, je lui envoie direct un texto. *Tu me manques trooooop !!!*

Bien sûr, c'est une blague. Ou presque.

Il me répond illico. *Joyeux anniversaire des deux jours !!!!!!*

Ce qui me laisse mort de rire à la table de la cuisine.

— Tu es de bien bonne humeur, remarque ma mère en entrant dans la pièce avec Bieber.

Je hausse les épaules.

Elle m'adresse un curieux demi-sourire.

— Très bien, très bien, ne te sens pas obligé d'en parler, mais si jamais tu en as envie...

Foutus psychologues. *Se calmer niveau fixettes,* tu parles.

J'entends une voiture se garer dans l'allée. Je demande :

— Nora est déjà de retour ?

C'est drôle, je me suis habitué à ne plus la voir à la maison avant le dîner.

Je jette un œil par la fenêtre et me frotte les yeux. Je veux dire, oui, Nora est rentrée. Mais la voiture. La personne derrière le volant.

— C'est Leah que je vois ? Qui ramène Nora ?

— Il semblerait.

— Okay. J'ai besoin de sortir.

— Oh, que non, dit ma mère. Tu es puni. Quel dommage !

— Maman !

Elle lève les mains.

— Allez, quoi. S'il te plaît.

Nora repousse déjà sa portière.

— Je suis ouverte aux négociations, dit ma mère.

— Je t'écoute.

— Une soirée de permission contre dix minutes d'accès à ton Facebook.

Bon sang.

— Cinq, dis-je. Supervisées.

— Marché conclu, dit-elle. Mais j'exige de voir ton petit copain.

D'accord. Une de mes sœurs va se faire tuer. Les deux, peut-être.

Mais tout d'abord : Leah. Je fonce dehors.

Nora, surprise, tourne son visage vers moi, mais je contourne déjà la voiture en courant. Avant que Leah ait pu objecter quoi que ce soit, j'ouvre la portière et je grimpe.

Si la voiture de Bram est vieille, celle de Leah est une relique des Pierrafeu. Sérieusement, elle a même un radiocassette et des vitres à manivelle. Des peluches de dessins animés sont alignées sur le tableau de bord et le plancher est jonché de papiers et de bouteilles de Coca vides. Sans parler du parfum floral façon grand-mère.

J'adore la voiture de Leah, en fait.

Sa propriétaire me regarde, incrédule. Et m'envoie des ondes désapprobatrices.

— Sors de ma voiture, dit-elle.

— Je veux te parler.

— Ouais, ben, tu peux t'abstenir.

J'enclenche la ceinture de sécurité.

— Emmène-moi au Waffle House.

— Tu te fous de ma gueule.

— Absolument pas.

Je m'enfonce dans mon siège.

— C'est un détournement ?

— Oh, fais-je. Je suppose, oui.

— Putain, je rêve.

Elle secoue la tête. Puis démarre. Le regard fixe, la bouche pincée, sans piper mot.

— Je sais que tu m'en veux, dis-je.

Pas de réponse.

— Et je regrette pour Midtown. Sincèrement.

Toujours rien.

— Tu veux bien dire quelque chose ?

— On y est. (Elle passe au point mort. Le parking est presque désert.) Tu peux aller chercher ta gaufre ou je sais pas quoi.

— Tu viens avec moi.

— Euh, ouais mais non.

— Okay, comme tu voudras. J'irai pas sans toi.

— Pas mon problème.

— Parfait, dis-je. On n'a qu'à parler ici.

Je détache ma ceinture et me tourne vers elle.

— On a rien à se dire.

— Alors, quoi ? C'est tout ? On arrête juste d'être amis ?

Elle s'enfonce dans son siège, les yeux clos.

— Pauvre chou. Va donc pleurer dans les jupes d'Abby.

— Oh, sérieux ? C'est quoi ton problème avec Abby ?

J'essaie de ne pas hausser le ton, mais ma voix fuse.

— Je n'ai aucun problème avec elle, rétorque Leah. Je ne vois pas pourquoi on devrait soudain être ses meilleurs potes, c'est tout.

— Peut-être parce que c'est la copine de Nick, pour commencer.

Leah tourne la tête comme si je l'avais giflée.

— C'est ça. Fais comme s'il s'agissait de Nick, dit-elle. Qu'on puisse tous oublier le fait que tu es fou d'elle, toi aussi.

— Tu te fous de ma gueule ? Je suis gay !

— Tu es platoniquement fou d'elle ! hurle-t-elle. Mais c'est cool ! Tu montes en gamme !

— PARDON ?

— La meilleure amie 4.0 ! Enfin disponible, avec le plus joli et le plus pimpant des habillages !

— Oh, pour l'amour du ciel, m'exclamé-je. Toi aussi, tu es jolie !

Elle pouffe.

— C'est ça.

— Sérieux, arrête avec ça. J'en ai ma claque, mais à un point ! (Je la regarde.) Il ne s'agit pas d'un remplacement... C'est toi, ma meilleure amie.

Elle ricane.

— Vous l'êtes toutes les deux. Et Nick aussi. Vous trois, dis-je. Mais personne ne pourra jamais te remplacer. Tu es Leah.

— Alors pourquoi est-ce que tu t'es confié à elle d'abord ?

— Leah...

— C'est juste... peu importe. Je n'ai pas le droit de me mettre en rogne.

— Arrête de dire ça. Tu as tous les droits de te mettre en rogne.

Elle se tait. Et moi aussi. Puis elle dit :

— C'était juste tellement… je ne sais pas. C'était évident que Nick en pinçait pour elle. Rien de tout ça ne m'a surprise. Mais que tu te livres à elle en premier, ça, pour le coup, je ne l'avais pas vu venir. Je croyais que tu me faisais confiance.

— C'est le cas.

— Apparemment, tu as plus confiance en elle, dit-elle, ce qui est génial, parce que tu la connais depuis combien de temps ? Six mois ? Alors que moi, tu me connais depuis six ans.

Et je ne sais pas quoi répondre. Une boule se forme dans ma gorge.

— Mais peu importe, poursuit-elle. Je ne peux pas… tu sais. C'est ton choix.

— Enfin… (Je déglutis.) C'est vrai, c'était plus facile de me confier à elle. Mais ce n'est pas une question de degré de confiance ou de quoi que ce soit de ce genre. Tu n'as pas idée. (Les yeux me piquent.) C'est, comment dire… Je te connais depuis des siècles, et Nick depuis plus longtemps encore. Vous deux, vous me connaissez mieux que personne. Vous me connaissez trop bien.

Les mains serrées sur le volant, elle évite mon regard.

— Tout. Vous savez tout de moi. Les T-shirts avec les loups. L'incident du cône de biscuit au festival Renaissance. Boom Boom Pow.

Elle esquisse un sourire.

— C'est vrai que je ne partage pas le même passé avec Abby. Mais c'est ce qui a rendu la chose plus facile. Il y a cet énorme pan de ma personnalité, que je suis encore en train d'ajuster. Et je ne sais pas comment ça tient avec le reste. Comment je me tiens, moi. C'est comme une nouvelle version de moi. Il me fallait quelqu'un qui pouvait l'accepter d'emblée.

On reste silencieux un moment, tous les deux.

— Je crois que je comprends, dit-elle finalement.

— Tant mieux, parce que je ne suis pas sûr de comprendre moi-même, dis-je, et elle rit, et moi aussi. Sauf que je ne suis pas trop sûr : suis-je en train de rire ou de pleurer ?

— Tu ressembles à rien, Spier.

— Mais je t'adore.

— Garde ça pour ton copain, dit-elle avec un semblant de sourire.

CHAPITRE TRENTE-QUATRE

À : hourtohour.notetonote@gmail.com
DE : marty.mcfladdison@gmail.com
ENVOYÉ LE 29/01 À 17 H 24
OBJET : Tu ne peux pas savoir combien je regrette.

Salut Spier,

Bon, j'imagine que tu dois me détester, ce qui serait logique étant donné les circonstances. Je ne sais même pas par où commencer avec tout ça, alors je vais tout simplement démarrer par des excuses. Même si je sais que le terme est inapproprié, et peut-être devrais-je le faire en personne, mais tu n'as sans doute pas envie de voir ma gueule, alors c'est comme ça.

Bref. Je n'arrête pas de repenser à notre conversation sur le parking et à ce que tu as dit sur ce dont je t'ai privé. Et j'ai vraiment la sensation de t'avoir pris quelque chose d'énorme. Je crois que je refusais de le voir jusqu'à présent, mais maintenant que je le vois, je n'arrive pas à croire que j'aie pu te faire ça. Tout ça. Le chantage, car tu as raison, c'était du chantage. Et le billet sur Tumblr. Je ne sais pas si tu t'en es rendu compte, mais c'est moi qui ai retiré le post avant que les modérateurs aient pu s'en occuper. Je sais que ça n'arrange rien, mais je tenais à ce que tu le saches. Je me sens coupable à en crever, et je ne vais même pas te demander de me pardonner. Je veux seulement que tu saches combien je regrette.

Je ne sais même pas l'expliquer. Je vais essayer, mais ça te semblera sans doute stupide, probablement parce que *c'est* stupide. Il faut d'abord que tu saches que je ne suis pas homophobe et que je pense sincèrement que les gays sont géniaux ou normaux ou tout ce que tu veux. Donc voilà, c'est cool et tout.

Bref. Mon frère a fait son coming out cet été, juste avant de repartir pour Georgetown, et ça a fait toute une histoire dans ma famille. Mes parents essaient d'en faire quelque chose d'exceptionnel, du coup la maison est devenue une espèce de paradis gay. Ce qui est très bizarre, parce que Carter n'est même pas là, et qu'il n'en parle jamais, même quand il rentre à la maison. Avec mes parents, on est allés défiler à la Gay Pride cette année, il n'était même pas avec nous, et quand je lui en ai parlé après, il m'a dit « Euh, okay, cool », comme si c'était un peu too much. C'était peut-être le cas. C'était le week-end juste avant que je me connecte à ta boîte mail. C'était une période un peu bizarre pour moi.

Mais tout ça, ce ne sont sans doute que des prétextes, parce que peut-être qu'après tout, le vrai point de départ, c'était que j'en pinçais pour une fille et que je me sentais désespéré. Et que j'étais jaloux qu'une fille comme Abby puisse arriver ici et décider de sympathiser avec toi, alors que tu avais déjà tellement d'amis – et je crois que tu ne te rends même pas compte à quel point c'est énorme. Ce n'est pas pour te prendre à partie ni t'insulter. C'est juste que ça semble si facile pour toi, et qu'il faut que tu saches que tu as vraiment de la chance.

Alors voilà, je ne sais même pas si tout cela tient la route, tu as sans doute arrêté de lire depuis longtemps, mais je tenais à vider mon sac. Et pour ce que ça vaut : je suis incroyablement, effroyablement désolé. Enfin, le bruit court maintenant que tu files le parfait amour gay avec un certain Abraham Greenfeld, et je voulais te dire que je suis fou de joie pour toi. Tu le mérites. Tu es un mec extraordinaire, Spier, et c'était cool de faire ta connaissance. Si c'était à refaire, je te ferais du chantage pour que tu deviennes mon ami, et je m'en tiendrais là.

Extrêmement sincèrement,

Marty Addison

CHAPITRE TRENTE-CINQ

Le concours de talents commence à 19 heures. Quand on arrive, Nick et moi, les lumières sont en train de baisser. Bram et Garrett sont censés nous avoir gardé deux places au fond, vers le milieu du rang. Mes yeux se posent immédiatement sur lui. Tordu sur sa chaise pour surveiller la porte, il m'accueille d'un sourire.

On se glisse jusqu'à nos places, et je m'assieds à côté de Bram, avec Nick et Garrett de chaque côté de nous.

— C'est le programme ? demande Nick en se penchant devant moi.

— Oui. Tu le veux ? propose Garrett en lui tendant un cylindre de papier déjà bien usé.

Nick parcourt la liste des participants, à la recherche d'Abby.

— Je parie qu'elle doit passer en premier ou en dernier, dis-je.

C'est toujours le cas avec les meilleurs.

Il sourit.

— Avant-dernière.

Puis la salle est plongée dans le noir.

Les murmures du public se dissolvent tandis que les projecteurs s'illuminent. Maddie, du conseil des élèves, prend le micro. Je me blottis contre Bram. Et profite qu'il fait si noir pour glisser une main sur son genou. Je le sens bouger doucement tout en entrelaçant ses doigts avec les miens. Il soulève ma main et presse ses lèvres au bord de ma paume.

Il reste comme ça un moment. Un tiraillement aérien me transperce juste sous le nombril.

Puis il laisse nos mains enlacées retomber sur ses genoux. Et si c'est ça, avoir un copain, alors nom d'un chien je ne sais pas pourquoi j'ai attendu si longtemps.

Tout le long du spectacle, Bram effleure mes phalanges de son pouce avec une légèreté presque insoutenable, affolant tout mon système nerveux. Je laisse échapper un soupir, et il se fige, la tête tournée vers moi. Alors je lui presse la main deux fois et me serre contre lui, si près que nos genoux se touchent presque.

Sur scène, les filles se succèdent. Toutes en robe courte. Toutes reprennent des chansons d'Adele.

Puis vient Abby. Elle émerge des coulisses, traînant une petite estrade noire jusqu'au bord de la scène. Je jette un coup d'œil à Nick, mais il ne me voit pas. Il regarde droit devant lui, captivé, le dos bien droit et un sourire sur les lèvres. Une élève de seconde fait son entrée avec un violon et une partition. Debout sur l'estrade, elle coince son instrument sous son menton et regarde Abby. Qui hoche la tête et prend une respiration visible. La violoniste se met à jouer.

C'est une version étrange, presque funèbre de *Time After Time*. Les mouvements d'Abby transmettent chaque note. Je n'avais encore jamais vu de solo de danse en dehors de ces démonstrations un peu gênantes lors des rassemblements pour les Bar Mitzvah. Et je n'ai pas de point de référence. Dans un groupe, on peut regarder si tout le monde est synchrone. Mais Abby contrôle ses mouvements ; pourtant, chaque geste semble riche, délibéré, vrai.

Je ne peux m'empêcher d'observer Nick. Il sourit discrètement dans son poing tout du long.

La prestation d'Abby et de sa violoniste est saluée par des applaudissements aussi surpris qu'appréciatifs, puis le rideau se referme partiellement pendant qu'on aménage la scène pour le dernier numéro. On installe une batterie, il doit donc s'agir d'un groupe. Maddie prend le micro et annonce différents événements destinés à récolter de l'argent pour le conseil des élèves. Quelques sons expérimentaux de cordes et de peaux émanent du rideau tandis qu'on branche et teste les instruments.

— Qui est-ce ? je demande à Nick.

Il consulte le programme.

— Un groupe appelé Emoji.

— Marrant.

Le rideau s'écarte pour révéler cinq filles munies d'instruments, et la première chose que je remarque, c'est les couleurs. Toutes portent des tissus de motifs différents, aux couleurs si vives que ça leur donne un côté étrangement punk. Puis la batteuse se lance dans un rythme rapide et nerveux.

C'est alors que j'identifie ladite batteuse : Leah.

J'en reste sans voix. Ses cheveux tombent le long de ses épaules, ses mains bougent à une vitesse incroyable. Puis les autres instruments se joignent à elle : Morgan au clavier, Anna à la basse. Taylor à la voix.

Et ma sœur Nora à la guitare solo, si décontractée et sûre d'elle que c'est à peine si je la reconnais. J'en suis comme deux ronds de flan. Je ne savais même pas qu'elle avait repris la guitare.

Bram me regarde et s'esclaffe.

— Simon, ta tête !

Elles reprennent *Billie Jean* de Michael Jackson. Sans rire. C'est absolument électrisant. Des filles se lèvent dans le public pour aller danser dans les allées. Puis le groupe enchaîne direct sur *Just Like Heaven* de The Cure. La voix de Taylor s'élève dans les aigus, tendre et souple, c'est étrangement parfait. Mais je n'en reviens tellement pas que je me mets presque à glousser.

— Nora se débrouille, pas vrai ? dit Nick en se penchant vers moi.

— Tu étais au courant ?

— On a répété ensemble pendant des mois. Mais elle m'a fait promettre de ne rien te dire.

— Sérieux ? Pourquoi ?

— Parce qu'elle savait que tu en ferais tout un foin, explique-t-il.

C'est de famille, je suppose. Tout doit rester secret, parce que tout est prétexte à histoire. On n'en finit pas de sortir de nos placards.

— Mes parents seront furieux d'avoir manqué ça.

— Mais ils sont là, dit Nick en désignant un point de l'autre côté de l'allée.

J'aperçois leurs nuques quelques rangs plus loin. Ils sont penchés l'un vers l'autre, tête contre tête. C'est alors que je remarque une tignasse blond sale à côté de ma mère. Et c'est drôle, mais on dirait presque Alice.

Nora esquisse son minuscule sourire, elle a les cheveux lâchés et ondulés, et une boule se forme dans ma gorge.

— Tu as l'air très fier, murmure Bram.

— Oui, c'est étrange.

Puis la main de Nora s'immobilise sur le corps de sa guitare, Taylor se tait et tout le monde cesse de jouer, à l'exception de Leah, qui prend son air furax et déterminé. Et se lance dans le solo de batterie le plus dingue et le plus ahurissant que j'aie jamais entendu. Le regard concentré, les joues en feu, elle est vraiment magnifique. Elle ne me croirait jamais si je le lui disais.

Je me tourne vers Bram, mais lui regarde Garrett, et je vois à la courbe de ses joues qu'il sourit. Garrett quant à lui secoue la tête en disant :

— Je ne veux pas l'entendre, Greenfeld.

La chanson se termine, et le public hurle de joie tandis que les lumières reviennent. Une vague traverse le fond en direction du préau, qu'on laisse passer. Abby sort des coulisses et nous rejoint. Puis un type aux cheveux bruns et à la barbe rousse taillée court se pose sur un siège vide devant nous et me sourit.

— Tu es Simon, dit-il. C'est évident.

Je hoche la tête, confus. Sa tête me dit quelque chose aussi, à vrai dire, même si je n'arrive pas à la replacer.

— Salut. Je suis Theo.

— Theo, genre… le Theo d'Alice ?

— Quelque chose comme ça, oui, confirme-t-il avec un grand sourire.

— Elle est là ? Qu'est-ce que vous faites là ? (Mes yeux retournent instinctivement à l'endroit où se trouvaient mes parents, mais leur rang est déjà vide.) Ravi de te rencontrer.

— Pareillement, dit-il. Alice est dans le hall, mais elle m'a chargé d'un message pour toi et, euh, Bram.

On se regarde, Bram et moi. Nick, Abby et Garrett n'en perdent pas une miette.

— Okay, poursuit-il. Elle voulait que je te prévienne que vos parents s'apprêtent à vous emmener dans un restaurant appelé Varsity, et que tu es censé répondre que tu ne peux pas. La formule magique étant que tu as des devoirs à rattraper.

— Quoi ? Mais pourquoi ?

— Parce que, continue Theo en hochant la tête, apparemment, il faut une demi-heure pour arriver là-bas, et une autre demi-heure pour en revenir, sans compter tout le temps passé à commander et à manger.

— Et qui en vaut la peine. Tu as déjà goûté leur milk-shake à l'orange ?

— Non, concède Theo. Pour être honnête, j'ai dû passer au total cinq heures de ma vie à Atlanta. Pour l'instant.

— Mais pourquoi est-ce qu'elle ne veut pas que je vienne ?

— Parce qu'elle essaie de vous faire gagner deux heures de tête-à-tête non supervisé à la maison, dit-il avec un rapide sourire à Bram.

Nick s'étouffe.

— Elle a dit ça ?

Mes joues s'enflamment.

— Presque mot pour mot, répond Theo. Donc, voilà. À tout de suite dans le hall.

Il hausse les épaules avec un sourire et sort.

Je regarde Bram, dont les yeux luisent avec malice.

— Oh, tu étais de mèche avec eux ?

— Non, dit-il, mais ils ont tout mon soutien.

— Ma sœur est un génie, à sa façon, dois-je admettre.

Nous sortons donc de la salle, et je fonce sur Alice. Bram reste un peu en retrait, avec Nick, Abby et Garrett.

— Je n'arrive pas à croire que tu es là !

— Disons que le petit Nick Eisner m'a laissé entendre qu'il se passerait quelque chose d'énorme, dit-elle. Mais je suis désolée d'avoir manqué la pièce la semaine dernière, Bub.

— Ça ne fait rien. J'ai vu Theo, dis-je en baissant la voix. Il est cool.

— Ouais, ouais. (Elle sourit, un peu gênée.) C'est lequel, le tien ?

— Pull gris zippé, à côté de Nick.

— Je plaisante. Je l'ai espionné sur Facebook, dit-elle en me serrant contre elle. Il est adorable.

— Je sais.

Puis la porte de service s'ouvre à la volée et les membres d'Emoji pénètrent dans le hall. Nora laisse échapper un cri en nous voyant.

— Allie ! Qu'est-ce que tu fais là ? Pourquoi t'es pas dans le Connecticut ?

— Parce que t'es une rock star, répond Alice.

— Je n'ai rien d'une rock star, proteste Nora d'un air béat.

Mes parents lui offrent un bouquet incroyable et passent près de cinq minutes à s'extasier sur ses talents guitaristiques. Avant de s'extasier sur le reste du groupe et sur Abby aussi, du coup on forme un véritable attroupement. Nora parle avec Theo, mes parents serrent la main de Bram, Taylor et Abby se jettent dans les bras l'une de l'autre. Spectacle surréaliste et merveilleux.

Je me dirige vers Leah, qui hausse les épaules avec un sourire. Je la serre dans mes bras, très très fort.

— Tu déchires tout, lui dis-je. T'as pas idée.

— On m'a laissée utiliser le matériel du lycée. J'ai appris toute seule.

— En combien de temps ?

— Environ deux ans.

Je la dévisage. Elle se mordille la lèvre.

— Je déchire, c'est ça ? dit-elle.

— OUI, lui dis-je.

Et, toutes mes excuses, mais je suis obligé de la serrer de nouveau dans mes bras.

— C'est bon, dit-elle en se tortillant un peu.

Mais elle sourit, je le sais. Alors je dépose un baiser sur son front, et elle vire pivoine. Quand Leah rougit, elle ne fait pas les choses à moitié.

Puis mes parents nous rejoignent pour nous proposer le banquet de la victoire au Varsity.

— Je ferais mieux de rattraper mes devoirs, leur dis-je.

— Tu es sûr, fiston ? demande mon père. Tu veux qu'on te rapporte un milk-shake à l'orange ?

— Ou deux, ajoute Alice avec un sourire.

Elle me dit de garder mon portable allumé, afin de me prévenir de leur retour par texto.

— Et n'oublie pas les milk-shakes.

— Simon... C'est, je crois, ce qu'on appelle avoir le beurre et l'argent du beurre.

— Grand format, dis-je. Dans des verres collector.

Il doit y avoir une centaine de personnes sur le chemin du parking. Je rentre en voiture avec Bram. On ne peut pas se tenir la main : trop exposés. On est en Géorgie, après tout. Alors on marche côte à côte, un peu d'espace entre nous. Juste deux gars qui traînent ensemble un vendredi soir. Sauf que l'air autour de nous semble crépiter, électrique.

Bram est garé dans les étages du parking, tout en haut. Il déverrouille les portières depuis l'escalier, et je fais le tour pour rejoindre le siège passager. C'est alors qu'un moteur se met à vrombir juste à côté. Surpris, j'attends pour ouvrir ma portière, mais le conducteur ne bouge pas. Je regarde alors par la vitre : Martin.

Nos regards se croisent. Il n'était pas en cours aujourd'hui. Autrement dit, je ne l'ai pas croisé depuis son e-mail. Je ne lui ai pas répondu. J'en avais envie, quelque part. Mais je ne l'ai pas fait.

Il se passe la main dans les cheveux, sa bouche se tord un peu.

Je me contente de le fixer.

Mais comme il fait frisquet dehors, je me glisse dans la voiture et jette un regard par la vitre tandis que Martin recule.

— Tu as assez chaud ? me demande Bram.

J'acquiesce.

— Alors, je suppose qu'on va chez toi.

Il semble nerveux, ce qui me stresse à mon tour.

— Ça te va ?

— Oui, dit-il en me jetant un coup d'œil. Grave.

— Okay. Oui, dis-je.

Mon cœur bat la chamade.

En pénétrant dans l'entrée avec Bram, il me semble la voir pour la première fois. La commode en bois peint qui n'a rien à faire là contre le mur, couverte de catalogues et de courriers publicitaires. Un dessin flippant d'Alvin et les Chipmunks que Nora a fait en maternelle. Le bruit étouffé de Bieber sautant du canapé, suivi du cliquètement de ses griffes sur le parquet.

— Salut, toi, dit Bram, presque accroupi. Je sais qui tu es.

Bieber le salue passionnément, tout en langue, et Bram s'esclaffe. J'explique :

— C'est que tu nous fais de l'effet.

Il embrasse Bieber sur le museau et me suit dans le salon.

— Tu as faim ? je lui demande. Ou soif ?

— Ça va, répond-il.

— On doit avoir du Coca.

J'ai terriblement envie de l'embrasser, et je ne sais pas pourquoi je freine des quatre fers.

— Tu veux regarder quelque chose ?

— D'accord.

Je le regarde.

— Moi non.

Il rit.

— Alors tant pis.

— Tu veux voir ma chambre ?

Il esquisse son sourire malicieux. Peut-être est-ce typique de lui, finalement. Peut-être ne sais-je pas encore tout de lui.

Des photos encadrées ornent le mur le long de l'escalier, et Bram s'arrête pour regarder chacune d'entre elles.

— Le fameux costume de poubelle, commente-t-il.

— Nora dans toute sa splendeur, dis-je. J'avais oublié que tu étais au courant.

— Et ça c'est toi avec le poisson, je me trompe ?

Clairement surexcité.

Sur la photo, je dois avoir six ou sept ans ; rougi par le soleil, je tends le bras aussi loin que possible pour brandir un poisson attrapé au bout d'une ficelle. J'ai l'air à deux doigts d'éclater en sanglots horrifiés.

— J'ai toujours adoré la pêche, dis-je.

— C'est fou ce que tu étais blond.

Une fois arrivé en haut de l'escalier, il me prend la main, qu'il serre fort.

— Tu es vraiment là, dis-je en ouvrant la porte. Bon, nous y voilà. Désolé pour tout… ça.

Des vêtements sales gisent en tas près du panier vide, une pile de linge propre posée à côté de la commode également vide. Des livres et papiers en veux-tu en voilà. Un paquet vide de crackers Goldfish sur le bureau, à côté d'un réveil Curious George cassé, de mon ordinateur, et d'un bras de robot en plastique. Un sac à dos sur le fauteuil. Des pochettes de vinyles encadrées au mur, de travers.

Mais mon lit est fait. Alors on s'assied dessus, le dos contre le mur, les jambes étirées devant nous.

— Quand tu m'écris tes mails, dit-il, tu te mets où ?

— Souvent ici. Parfois au bureau.

— Hum, dit-il en hochant la tête.

Alors je me penche pour déposer un baiser léger sur son cou, juste sous sa mâchoire. Il se tourne vers moi et déglutit.

— Coucou, dis-je.

Il sourit.

— Coucou.

Alors je l'embrasse pour de vrai, et il m'embrasse aussi, et ses doigts se prennent dans mes cheveux. Et on s'embrasse comme on respire. Mon estomac papillonne comme un fou. Et je ne sais comment, on se retrouve à l'horizontale, ses mains lovées au creux de mon dos.

— Ça me plaît, dis-je, à bout de souffle. On devrait faire ça plus souvent. Tous les jours.

— Okay.

— On ne devrait rien faire d'autre. Plus d'école. Plus de repas. Plus de devoirs.

— J'allais te proposer de voir un film, dit-il en souriant.

Quand il sourit, je souris.

— Plus de films. Je déteste les films.

— Oh, vraiment ?

— Oui, vraiment. Regarder des inconnus s'embrasser, dis-je, alors que je pourrais t'embrasser, toi… quel intérêt ?

Je suppose qu'il ne trouve rien à redire, car il m'attire vers lui pour m'embrasser avec fougue. D'un coup, je bande, et je sais que lui aussi. C'est exaltant, étrange, terrifiant.

— À quoi tu penses ? me demande Bram.

— À ta mère.

— Nooooon ! dit-il en riant.

C'est pourtant le cas. Plus précisément, je pense à sa règle du « Systématiquement Y Compris Pour Le Sexe Oral ». Parce que je viens seulement de prendre conscience du fait que cette règle pourrait s'appliquer à moi. À un moment donné. Un jour ou l'autre.

Je dépose un baiser furtif sur ses lèvres.

— J'aimerais vraiment sortir avec toi, dit-il. Si tu n'avais pas tous les films en horreur, qu'est-ce qui te tenterait ?

— N'importe.

— Mais quelque chose avec un happy end, je parie ? Tu es si romantique.

— Ça va pas ? Je suis un vrai cynique.

— Mais bien sûr. (Il s'esclaffe.)

Je laisse mon corps se détendre, ma tête blottie au creux de son cou.

— Je n'aime pas les fins, dis-je. J'aime quand les choses ne finissent jamais.

Il me serre plus fort et dépose un baiser sur ma tête, et on reste étendus là. Jusqu'à ce que mon téléphone vibre dans la poche arrière de mon jean. Alice. *On quitte l'autoroute. Tenez-vous prêts.*

Roger. Merci, soldat. Je pose mon téléphone sur le torse de Bram pour taper ma réponse.

Puis je l'embrasse encore une fois vite fait, et on se relève tout les deux en s'étirant. Puis chacun va faire un tour dans la salle de bains. Lorsque la famille est de retour à la maison, on est installés sur la causeuse du salon, une pile de manuels entre nous.

— Oh, coucou, dis-je en levant le nez de mon polycopié. C'était bien ? Bram est venu réviser avec moi.

— Et je parie que vous étiez très productifs, répond ma mère.

Je serre les lèvres. Bram toussote discrètement.

Le visage maternel m'annonce l'imminence d'une conversation. Une conversation du genre gênant, au sujet des règles de base. Encore toute une histoire.

Mais peut-être est-ce justifié. Peut-être est-il temps d'en faire une énorme putain d'histoire.

Peut-être que j'ai vraiment très envie, moi, d'en faire une histoire.

Le Livre de Poche s'engage pour
l'environnement en réduisant
l'empreinte carbone de ses livres.
Celle de cet exemplaire est de :
300 g éq. CO$_2$
Rendez-vous sur
www.livredepoche-durable.fr

« Pour l'éditeur, le principe est d'utiliser des papiers composés de fibres naturelles, renouvelables, recyclables et fabriquées à partir de bois issus de forêts qui adoptent un système d'aménagement durable. En outre, l'éditeur attend de ses fournisseurs de papier qu'ils s'inscrivent dans une démarche de certification environnementale reconnue. »

Édité par la Librairie Générale Française - LPJ
(58 rue Jean Bleuzen, 92170 Vanves)

Composition Nord Compo
Achevé d'imprimer en Espagne par CPI
Dépôt légal 1re publication : avril 2017
31.3492.5/01 - ISBN : 978-2-01-701016-6
Loi n° 49-956 du 16 juillet 1949 sur les publications destinées à la jeunesse
Dépôt légal : **avril 2017**